Desilusões

apaixonadamente

amorosas

LUCIANO JUNIOR

Desilusões
a p a i x o n a d a m e n t e
amorosas

Capa
Gilber Mirândola

Revisão e Diagramação
Asè Criações Editoriais

Impressão e Acabamento
Amazon

Dados Internacionais de Catalogação na Publicação (CIP)

J95d

    Junior, Luciano, 1995--
        Desilusões apaixonadamente amorosas / Luciano Junior. – 1ª
    edição – Garanhuns, PE, 2014.
        146 p. ; 21 cm.

        ISBN 978-85-916819-1-4

        1. Ficção brasileira. 2. Decepções amorosas. 3. Amor. 4.
    Adolescência. I. Título

                                 CDD: B869.3
                                 CDU: 82-3

Este livro é dedicado a todos que já amaram e, portanto, sofreram pelo amor.

Agradecimentos

Primeiramente gostaria de agradecer aos meus pais, pois é óbvio que sem eles eu nunca teria nascido e, portanto, nunca teria um dia escrito uma palavra sequer. Além disso, quero agradecer a eles por me proporcionar ter tempo livre para poder escrever, e também dizer que sem eles esse sonho não poderia se tornar possível.

Dizer um muito obrigado a Bárbara Ribeiro, uma garota que conheci através de um post de um blog na internet. E que anos depois entrei em contato para que ela pudesse escrever no meu blog, e assim críamos uma boa amizade. Quero um dia poder recompensar de alguma forma toda a ajuda que ela sempre me dá em relação aos meus escritos. Sempre disposta a ler minha mais nova obra, e sempre pontuando bem tudo o que escrevi.

Gostaria também de agradecer a escritora Babi Dewet, pois sem ela nunca saberia da avaliação para ser parceiro de uma editora, e assim nunca teria lido tantos livros e passado um dia pela minha cabeça escrever uma história como essa.

Agradeço também a todos os meus professores, desde o do maternal, até o da faculdade. Todos eles, sem exceção, contribuíram de alguma forma na minha trajetória. Seja positiva ou negativamente. Desde a professora que me ensinou o abc, até os que me ensinaram sobre o amor. Em especial gostaria de agradecer ao meu professor e poeta Helder Herik, por me mostrar que mais do que dinheiro, a gente deve escrever porque gosta. E a minha professora de redação, Klebia Sampaio, por me fazer querer evoluir, para mostrar que meus escritos valiam mais do que aquele oito.

A todos também que fizeram uma pequena participação nessa que é a minha vida. Obrigado a Karen Barros e Alana Teixeira, por ler meu livro antes de todo mundo, e darem suas opiniões sobre a história. E meu reconhecimento a Vera Lucia, Daniel Rebouças e Gilber Mirândola, por ajudar a colocar essa história em formato de livro.

Sem esquecer é claro das minhas decepções amorosas, sem elas nada disso seria possível, sem elas nenhuma dessas histórias poderiam ser criadas.

E a você, leitor, por dar uma chance a essa obra. Meu muito obrigado.

Prefácio

Este livro conta a singela história de um rapaz chamado Gabriel, e a trama poderia muito bem ser definida como uma odisseia do amor. Isto porque nosso herói fez da paixão o ponto central de sua vida. E a cada dia parece tomar para si a missão de conquistar a garota dos sonhos.

Tendo de enfrentar a facilidade com que se apaixona, Gabriel traz em si um pouco (e às vezes muito!) de cada um de nós. Ler a história de sua vida, ao longo dos duros anos de colégio, é uma adorável maneira de confrontar a nós mesmos. O que há em você que é tão diferente de Gabriel? E o que há de semelhante? Como fazer a experiência dele virar a sua, e te ajudar a perceber que, afinal, tudo passa, e todo mundo cresce?

Não foram poucos os nomes das moças que cruzaram a vida deste rapaz. E você as conhecerá, uma a uma. Vai encontrar dentro deste livro um capítulo para cada uma delas. Estará você disposto a descobrir também o que todas essas meninas têm em comum com as próprias garotas que você deixou escapar ao longo da vida? E seriam as leitoras capazes de entender de que forma se encaixam em cada uma das moças que respiram nestas doces páginas?

Esta obra, com sua linguagem cheia de frescor e juventude, de leitura solta, é um apanhado dos jogos mentais, das paixonites, dos absurdos, das alegrias, dos tormentos, dos duros chutes que todos nós levamos ao longo da vida enquanto aprendíamos a gostar de outras pessoas. Ao mesmo tempo, é também um hino ao amor, aos amores da juventude. Estes, embora efêmeros, marcam a fogo!

Deixe Gabriel contar a você essa história. Uma história em que, para variar um pouco os papéis, nos fala a verdade e nos mostra que, sim, os meninos também choram, e também sofrem, e se desesperam. Eles têm suas próprias inseguranças, medos e vergonhas. Por que não fazer disso um divertido espetáculo?

Deixe-o falar com você. Pode até chorar sobre as páginas, que ele não conta a ninguém. Pois então, se prepare! Este tímido garoto está prestes a descortinar um mundo de emoções! E bem aqui, diante dos seus olhos. Você provavelmente já as experimentou, mas agora descobrirá que não são tão terríveis assim.

Bárbara Ribeiro,
blogueira e estudante de Letras.

Introdução - Como ler esse livro?

É difícil acreditar que talvez erramos no amor, que talvez seja nossa culpa ter deixado ele escapar, mas é ainda mais errado não admitirmos para nós mesmos, nos enganar deveria ser considerado o pior crime que alguém poderia cometer. E por que falo essas palavras? Porque é isso que você vai encontrar nesse livro, a história de um garoto que admite seus erros, mas nem por isso deixa de existir, ou de se permitir amar novamente. Ele sempre segue em frente no caminho cheio de espinhos e de rosas que é o amor.

Peço que ao ler essa história abra um pequeno espaço no seu coração, permita que minhas palavras viajem bem no fundo dele e que você relembre do seu passado, ou do seu presente, ou de qualquer espaço-tempo que o amor possa te levar. Permita que tudo isso faça você lembrar os seus amores, e das burradas que você fez por eles, e não ache que toda a culpa é sua. Lembre-se de tudo aquilo, e se alguma de suas histórias ainda machucar lá no fundo, peça ao protagonista dessa trama que permita te ensinar a partir do que ele tem para contar, mesmo que no fundo ele se perca entre seus desamores.

Apesar de ser divido em capítulos, a história está interligada, um evento pode ter acontecido após outro, e não necessariamente segue uma sequência lógica, mas basta lembrarmos que estamos falando de amor, e amor não tem lógica, ou ao menos não deveria ter uma fórmula para que tudo se tornasse possível. O amor é compreensível e ao mesmo tempo incompreensível. E esqueça os clichês, eles tentam te ensinar que tudo é do mesmo jeito, mas lembre-se bem do assunto principal dessa história, lembre-se que a vida passa rápido demais para perder tempo com certas coisas e pessoas.

Músicas fazem a gente pensar e repensar, e não é diferente por aqui. Cada personagem tem uma música diferente, e a música pode ter diferentes significados, pode ser que a letra fale bem sobre uma de nossas histórias, mesmo que em apenas uma frase. Pode ser que a música tenha tudo a ver com a pessoa, mesmo que não pareça. Ou pode ser que a música simplesmente faça nos lembrar dela, quem saberá.

E não leve ao pé da letra, as frases que cada personagem tem não necessariamente expressam aquela garota, pode ser só um ensinamento bonito de alguém que conhecia ou desconhecia o que era amar. Pode ser que a frase traduza perfeitamente os sentimentos que aquela pessoa desperta. Pode ser que ela não faça sentido algum, e mesmo assim ainda faça todo o sentido.

Agora um pouco sobre o amor para aqueles que o desconhecem. O amor verdadeiro é a afeição por alguém ou por alguma coisa, é um sentimento que provoca uma paz interior, uma calmaria, e não é uma fórmula de matemática. Diferente do amor idealizado, aquele ao qual chamam de platônico, que não existe, o amor pode ter um fim, pode ser esquecido quando confrontado com outra coisa, e podemos viver sem ele, mesmo que nosso desejo seja contrário, totalmente contrário. Para existir ele precisa ter algo anterior que crie fortes laços entre as pessoas, como depois dos nossos pais terem cuidado de nós. E ele não é vendido na esquina.

Agora você já deve estar preparado para ler esse livro, mas calma, vá com calma. Calma é tudo o que você precisa, calma para apreciar os pássaros e ainda conseguir apreciar aquele *sundae* delicioso. Aliás, a mais perfeita definição de amor que encontrei na vida tem a ver com *sundae*. Ela foi-me apresentada pelo Patolino, da série de animação *Looney Tunes*, dos estúdios *Warner Bros*. Ele dizia que o amor é feito um *sundae* gigante delicioso que parece que nunca mais vai acabar. Achou estranha essa definição? Eu te explico, é que parece que nunca mais vai acabar, mas uma hora acaba, só que isso não muda o fato dele ter sido extremamente delicioso. É preciso tomar outros *sundaes*, mas talvez você seja um daqueles que pedem sempre o mesmo sabor, não é.

Antes de você seguir adiante, quero que saiba que alguém dorme pensando em você, imaginando seu sorriso, e aquele negócio estranho que você faz que até agora não entendi o porquê, mas ele ou ela vai entender, juro. Algum ser humano de carne e osso te ama, e vamos esquecer os amores platônicos, freudianos, ou qualquer dos "os". Vamos apenas amar, vamos viver uma história real, daquela que teremos orgulho de contar para nossos netos, mesmo que saia tudo errado, ainda assim nos orgulharemos.

E é isso querido leitor, querido mesmo, não importa mais seu gênero sexual, a partir de agora você deve se entregar a ele. Aquele que talvez não mude sua vida, mas que talvez faça você pensar como tem sido a sua até agora.

Eu

Olá! Meu nome é Gabriel e eu não sou um cara normal. Minha vida nunca foi comum, uma vida com perdas e ganhos, simplesmente. Para mim foi tudo sempre complicado, desde um simples "oi" até conversar com as pessoas. Não era que não quisesse falar e desenvolver algo, mas simplesmente não conseguia. Algo no mundo me bloqueava e não me permitia fazer coisas que pessoas normais fazem.

Como deu para perceber sou um cara tímido e sempre tive problemas, desde quando meus pais pediam para ir à padaria comprar dois reais de pães, ou até para me relacionar com as mulheres. Falando em mulheres, nunca fui bom com elas, nem ao menos para uma simples conversa. Para mim a mulher era sempre um ser especial e que eu colocava um degrau acima de mim. Talvez por isso nunca tenha sido feliz com nenhuma delas, foram decepções atrás de decepções. Mas decepções todo mundo sofre, o problema é que a maioria das minhas eram sempre causadas pela minha falta de ação. E sempre me odiei por isso, mas o que eu poderia fazer.

Eu era um cara carinhoso, cuidadoso, engraçado e todas as outras qualidades que você imaginar, isso me tornaria o cara mais perfeito do mundo, se não fosse por um detalhe, eu era tímido, e essa timidez sempre me prejudicou com as mulheres, sempre. Não era uma timidez comum, sempre que ia falar com alguma mulher, independente se ela me interessava, amorosamente falando, ficava meio que congelado, poucas palavras saiam da minha boca, além das pontadas que sentia no corpo, era como se alguém estivesse me furando com uma agulha, a sensação era horrível e não recomendo a ninguém. Se a mulher em questão fosse a qual estava apaixonado, então as coisas complicavam ainda mais, a sensação era horrível, e cheguei a pensar que nunca conseguiria ficar perto de uma mulher que amo, e isso me entristecia, pois ao mesmo tempo era tudo o que eu mais queria.

Mero engano, não seria uma sensação horrível que me faria não ter sucesso com as mulheres, e sim a minha extrema falta de ação com elas. Quase todas eram tão doces e tão lindas, e eu com essa minha timidez que atrapalhava tudo. Não posso dizer que não fui um cara sortudo, fui até demais se olhar bem. Que homem não gostaria de poder ter lindas mulheres gostando de você, e você sem ter algo diferente ou a mais. Não era rico, bonito, nem mesmo popular, era apenas um cara normal, com coisas normais, esperando achar uma garota especial, que fosse tão especial que viria até ele e perguntaria "qual o peso do urso polar?", e aí ele iria sorrir e a convidaria para ir a algum lugar, pois ele não precisava responder, nem mesmo ela, eles já sabiam a resposta.

Tudo que esse mesmo cara, que era eu, queria, era apenas uma garota especial, com coisas especiais, mas que se apaixonasse por um cara comum. Porém ele teve diversas chances de realizar seu sonho, mas parece que seu sonho não era seu objetivo, aliás, seu sonho, na verdade, ele nunca realizou, mesmo sendo adepto da frase "faça os seus sonhos se tornarem realidade". A pergunta mesmo era o que ele queria, e se estava satisfeito de ter deixado tantas garotas especiais passar pela sua vida sem ao menos dizer um "oi".

Karen
A garota dos sonhos

"Não vejo, não toco, não ouço. Mas meu coração pode sentir." (Luciano Junior)
Música: Segredos/Frejat

Todo homem tem a sua garota dos sonhos, mas esse termo é utilizado para mostrar aquele tipo de garota que tem tudo o que você deseja. Para mim é diferente, a garota dos meus sonhos é realmente dos meus sonhos, eu já sonhei com ela, e como foi bom sonhar com ela, como foi bom ver aquele lindo rosto em meus devaneios. Foram dois sonhos estranhos, mas era muito bom lembrar eles, mesmo que sem todos os detalhes de como exatamente ocorreram.

A primeira vez que sonhei com ela estava na casa de praia dos meus pais, dormindo na cama deles durante um cochilo de final de tarde e o sonho era muito estranho. Começava assim, estávamos dentro de uma escola, e de repente um dinossauro aparecia para nos atacar, e vinha em nossa direção. Porém essa garota especial chamava calmamente a mim e a um colega, e como boas pessoas fugindo do perigo entravamos no carro dela, fechávamos a porta e esperávamos ela ligar o carro e partíamos para algum lugar. Nunca descobri qual era o lugar, pois acordei quando o sonho estava na melhor parte. Felizmente consegui pegar todas as características dela. Ela era loira, tinha o cabelo curto, olhos azuis, pele branca e macia, e parecia ser uma garota muito doce e fofa, o famoso tipo de princesa de *Holywood*.

Ainda estava nessas férias de verão e tentei sonhar com ela outras vezes enquanto dormia, mas sem sucesso, o sonho forçado não estava funcionando. E a única coisa que garantia que talvez um dia eu sonhasse com ela de novo era que antes de acordar desse sonho, apareceu o encerramento de "Malhação", e como a série nunca acabou, tinha certeza que um dia ainda iria encontrar com ela novamente, nos meus sonhos, ou até quem sabe na vida real. Esperança era a palavra que estava em meus lábios e mente.

E parece que eu tinha previsto o que iria acontecer. Anos depois de sonhar com ela pela primeira vez, pude reencontra-la em meus sonhos. Esses anos nunca me fizeram esquecê-la. Tudo que queria era poder encontrá-la novamente e ao menos entender o que tinha acontecido anos atrás. Pois nunca entendi o que aquele sonho queria dizer, talvez ele dissesse alguma coisa, talvez fosse só um sonho de criança que esperava encontrar sua princesa para viverem um felizes para sempre, talvez.

Eu a encontrei novamente, dessa vez em outro sonho mais louco ainda. Tudo aconteceu quando entrei em um ônibus azul e um amigo meu veio sentar ao meu lado, se faz alguma diferença ele era homossexual. Ela estava mais a frente, sentada em outro banco e, ao que parecia, dessa vez nós não nos conhecíamos, apenas ficamos olhando um para o outro sem ninguém tomar uma atitude. Ela me olhava com aquele par de olhos atenciosos e mexia no cabelo, e eu olhava como se não soubesse o que fazer, aliás, não sabia.

Agora ela estava mais velha e deixou o cabelo crescer, mas continuava linda como anos atrás, doce como eu admirava e com aquele rostinho lindo que eu adorei. Infelizmente novamente nunca descobri qual o destino do ônibus, e nunca dei uma palavra com ela. O sonho acabou sem encerramentos de "Malhação", e depois disso nunca mais tornei a vê-la. Até tentei em outros momentos, mas o sonho forçado não funcionou novamente.

Embora tenha sido apenas dois sonhos, todo o resto das minhas tentativas de relacionamentos amorosos foi baseado nela. Sempre procurei uma garota bonita e doce. Talvez por isso minha vida amorosa fosse tão complicada, eu era muito exigente, e as garotas que davam bola para mim, nunca tentei nada com elas. Nem mesmo nos meus sonhos consegui falar com a garota que mexeu com meu coração. Você entende como é difícil lutar contra isso, uma garota que não existe de verdade, mas faz seu coração balançar como um relógio de pêndulo, e ainda assim, mesmo em seus sonhos que sua própria mente cria você não consegue ir falar com ela.

Para resolver esse problema eu sonhava acordado com ela por conta própria, imagina como ela estaria agora, colocava uma roupa, e ficava pensando como seriam os lugares que deveríamos ter ido juntos. Imaginávamo-nos indo para festas, ela com vestidos que a deixavam ainda mais interessante, com cabelo solto, como gosto. E nunca soube se ela realmente existe, mas isso não importava, ela já tinha marcado meu coração, para sempre e sempre.

Manoela
Meu primeiro amor

"Aquele que já amou, sempre guarda uma cicatriz."
(Alfred de Musset)

Música: Você Fez O Meu Mundo Girar/Vitor e Vitória

Primeiro amor, todo mundo teve, mas poucos são os que se lembram quem foi essa primeira pessoa que despertou algo em você. Eu sou um dos que lembram, e muito bem por sinal, diga-se de passagem. Era muito novo quando a conheci e quando vim a me apaixonar por ela, nem sei ao certo o que me fez gostar dela, talvez fosse seu cabelo, ou até seu jeito de falar meu nome. Ela é uma das primeiras referências reais de relacionamentos amorosos.

Antes dela só me lembro de um dia em que estava passando pela rua, e a mãe de uma menina da minha idade, que era amiga do meu pai, disse a meu pai para casar a filha dela e eu. Depois disso cheguei em casa e minha irmã mostrou o terno que eu iria usar caso aceitasse casar com a menina. Mas essa só não é minha primeira referência porque não tenho certeza se isso aconteceu de verdade ou se foi apenas um sonho maluco. Pensando bem, talvez tenha sido só um sonho louco.

Voltando a Manoela, ela é uma garota que estudava na mesma sala que eu, aliás, ela era uma grande amiga minha, e nós vínhamos parte do caminho de casa juntos, não juntos literalmente no sentido de agarrados, mas juntos um do lado do outro. Lembro que ela tinha aquele cabelinho de anjo encaracolado e também umas lindas manchinhas no rosto, manchinhas essas que eram sua marca e me ajudavam a lembrar dela. Seu sorriso era uma coisa linda, aquele típico riso de menina.

Era muito novo, mas mesmo assim sonhava em me casar com ela, trocar alianças e andar de mãos dadas, e até pensei em uma forma de me declarar. O tio dela tinha aqueles carros de "disk mensagem", e minha ideia era colocar uma mensagem nesse carro me declarando para ela, já tinha planejado até a mensagem. Agora vejo o quanto era louco naquela época.

E como falei era muito amigo dela, e anos depois da última vez em que a vi, um amigo daquela época me confessou que muita gente da nossa sala achava que nós éramos namorados. Queria que fossemos, mas o que tínhamos ficou apenas na amizade, que acabou quando mudamos de colégio. Não sei porque, mas nossa amizade não resistiu ao tempo e as mudanças.

Até hoje ainda fico triste quando lembro, não que ainda a deseje, mas não consigo entender como nossa amizade tão bonita acabou. Pois sei onde ela mora e já passei diversas vezes por ela, mas não há nada mais para ser dito. Tudo já acabou, não tem nada para ser partilhado, nenhum acontecimento ou algo importante. Tudo não passou de uma história que agora está engavetada.

Acho isso muito estranho, praticamente não falo mais com todos os meus amigos dessa época, com apenas algumas exceções. E é difícil entender porque isso acontece, foi tanto tempo estudando juntos e hoje nós não nos falamos mais. Sabe, a gente cresce e percebe que vai deixando coisas para trás, trejeitos, sonhos e amizades. Acho que o mundo dos adultos é que nos ensina isso.

É estranho também olhar para Manoela e pensar que ela foi meu primeiro amor e hoje não digo nem um "oi" para ela. E triste demais acreditar que todas aquelas noites que dormi pensando nela, hoje, não servem mais para nada. São apenas lembranças guardadas na gaveta empoeirada dos nossos antigos amores.

Ana
A amiga da escola

"Quem domina suas paixões é escravo da razão."
(Cyril Connolly)
Música: Quando Eu Disser Adeus/LS Jack

Quem nunca se apaixonou por uma amiga que atire a primeira pedra. Eu também vivi essa fase, e digo que não foi uma das melhores experiências. Principalmente porque ela não gostava de mim e disse isso na minha frente, e apesar de tudo isso ainda continuamos amigos por bastante tempo, e felizmente consegui esquecer que gostava dela. A amizade quando não é jogada fora, tem capacidade de superar essas coisas.

Ela não era uma das deusas da minha sala, mas aquela morena de cabelos negros tinha algo que fazia as pessoas se apaixonar por ela. Inclusive na época eu e um amigo éramos apaixonados por ela e escrevemos uma cartinha perguntando com quem ela gostaria de ficar, coisa de criança. Depois de ler a cartinha ela escreveu a resposta. Havia apenas duas alternativas para a pergunta, mas ela escreveu uma terceira e marcou essa terceira. A terceira opção era um cara que ela dizia ser seu namorado, mas que nunca descobri se era verdade, talvez fosse só uma forma de deixar a gente longe.

Passei um bom tempo para tentar aceitar que ela não me queria, fiquei imaginando que eu era um bom amigo, e por isso ela deveria me aceitar como seu namorado. Ficava sonhando também na gente voltando para casa de mãos dadas e exalando todo o nosso amor. E imaginava também colar meu corpo no corpo dela em um abraço bem apertado.

Mas apesar de tudo isso continuei sendo amigo dela, e até aceitei o fato dela não gostar de mim, amorosamente falando. Consegui esquecer totalmente ela quando uma paixão avassaladora atingiu meu coração e me fez esquecer tudo o que tinha acontecido antes. É como dizem, um amor cura outro e continuamos a sofrer novamente.

Foi legal ter sido um grande amigo dela, nós nos separamos quando ambos mudados de colégio e passamos a viver uma nova vida, novas amizades e tudo mais. No final do último ano fiz par com ela na valsa de formatura. E depois ainda tentamos manter o contato, mas foi por pouco tempo, e logo paramos de nos falar.

Hoje se nos encontrarmos na rua podemos nos cumprimentar e dizer um "olá". Mas nunca será nada comparado aos anos de amizade que deixamos para trás e todas as emoções que vivemos juntos. Desde as brincadeiras até os machucados, das notas boas e das atividades, já que na época minha média escolar dificilmente ficava abaixo de 9, eram bons tempos aqueles.

Alguns dirão que deveria tentar falar com ela novamente, até mesmo pela amizade, mas digo que não. O passado precisa ser deixado para trás. Nosso tempo já passou, nossa vida mudou, e agora devemos continuar, sempre em frente.

Aline
A filha do colega do meu pai

"Amar é arte, não ser correspondido faz parte, esquecer é uma droga, mas aprender é foda." (Polliana Aleixo)

Música: Wherever Will You Go/The Calling

Falar de Aline não é tarefa fácil. Tive com ela uma história curta, mas que fez muita diferença, quer dizer, vivi essa história sozinho, mesmo que ela e todo mundo que prestasse um pouco mais de atenção em mim, pudesse perceber o que eu sentia. Ela era filha do colega de trabalho do meu pai, e por isso já deve ter dado para perceber como a história é complicada. O amor por ela floresceu logo depois de ter aceitado que Ana não queria nada comigo.

O problema é que por nossa ligação ser por parte dos nossos pais, a gente não estudava na mesma escola, e as únicas vezes que eu a via era quando havia alguma confraternização da empresa onde o meu pai trabalhava, o que não acontecia sempre. Então eram poucas as chances de vê-la, digo pessoalmente, pois por muitas noites ela habitou meus pensamentos.

O nosso caso foi rápido e passageiro, digo caso para ficar mais bonito, pois não houve nada entre nós. E por ter sido tão rápido só tenho lembrança muito clara dessa época de um acontecimento, algo curto e que só vou contar a você se me prometer nunca contar isso a ninguém. Ok?

Bom, era o dia do padroeiro da cidade onde a empresa está localizada. Para comemorar os funcionários realizavam um jantar especial, nessas festas sempre iam os funcionários e suas famílias. A minha família e a dela estavam presentes. Passou o jantar e a sobremesa, e os adultos continuavam conversando e se divertindo como eles sempre faziam.

Até que uma das crianças chamou as outras crianças para brincar lá fora. Eu como era muito quieto não fui, pelo menos não no primeiro momento, até que pensei que seria a oportunidade perfeita para ficar perto dela, daquela garota loira cor de mel e pele macia. Então pedi para minha mãe para ir brincar lá fora, e então ela disse que eu podia e que eu deveria tomar juízo. Foi aí que percebi que todo mundo já havia percebido o que tinha pensado em fazer. Só não sabia como.

Desse jeito fui lá para fora e comecei a participar das brincadeiras e fui me enturmando com as outras crianças. Então brincamos, a festa acabou e os adultos foram embora.

Isso mesmo, a história acaba assim, nunca aconteceu nada entre nós, nunca disse a ela o quão estava interessado e nunca a convidei para brincar de casinha. Ainda a vi por um tempo e depois a esqueci. Mas a nossa história é simplesmente algo que concretamente nunca existiu.

E como toda história sempre tem o "anos depois". Só que nesse "anos depois" a coisa não é tão boa. Ela cresceu e passou a estudar no mesmo colégio que eu. Ela não era mais tão interessante, namorou um colega meu e continua seguindo sua vida sem mim, e eu sem ela. E ninguém desistiu de nada por causa disso.

Gisele
Aquela que nunca perdoarei

"Esquecer jamais, perdoar nunca!" (Luciano Junior)
Música: Faz Assim/Sorriso Maroto

Imagine um cara que teve sua vida toda transformada por causa de uma garota, parece coisa de filme não é? Mas não, essa foi a primeira garota que eu amei muito, e é a mesma que me fez sofrer muito também, que me fez derramar lágrimas que nunca me orgulharei.

Tudo começa no primeiro dia de aula do ano. É sempre aquela coisa, alunos novatos no meio de veteranos. Ela era uma novata, parda e cabelos longos negros, e eu um veterano do jeito que você já conhece. Acontece que no dia cheguei cedo, e na minha escola todos os anos tinha aquela divisão para ver quem ficava em cada sala, na A e na B.

No primeiro dia eu e Gisele ficamos na mesma sala, e foi nesse momento que me apaixonei por ela. Mas foi só no primeiro dia, pois no segundo foram lá na minha sala perguntar quem gostaria de ir para a outra sala, e ela foi uma das que disse sim. Porém ainda não era o fim do mundo, pois as salas eram do lado uma da outra e eu sempre poderia vê-la na hora do recreio.

O ano foi seguindo e continuei apaixonado por ela. Preste bem atenção nas próximas linhas, pois você vai conhecer um lado meu que só aparecerá nessa história novamente depois de muitas palavras, e vai entender também porque nunca irei perdoar essa garota.

Primeiramente todo mundo da minha sala e da sala dela sabiam que eu gostava dela, pois eu fazia questão de demonstrar isso, sem ressentimentos e sem nenhuma timidez. Como era desses caras mais românticos resolvi enviar uma carta pra ela dizendo o quão era apaixonado. Sabe o que aconteceu? Ela rasgou a carta e ainda ameaçou contar à diretora que eu estava sendo inconveniente. Porém uma professora legal a convenceu a não falar, e essa mesma professora veio me consolar dizendo que se ela não quer, ela que está perdendo. Isso porque eu era um dos alunos mais inteligentes, e pasmem, era também um dos mais bem relacionados.

Tempos se passaram e continuei gostando dela, e continuava dando encima dela, não do jeito dos tempos atuais, pois eu era um cara romântico e na época também era uma criança. Como não desistia fácil, apareceu outra oportunidade para tentar conquistá-la, e abracei com toda a minha força.

Dessa vez era dia dos namorados e queria dar um presente a ela. Então fui ao comércio com os meus pais e comprei uma caneta bem bonita. Como a operação era secreta, informei a meus pais que o presente era para uma menina que estava fazendo aniversário, e a mentira caia bem, já que quando fiz a compra faltava ainda uma semana para aquele belo dia, que era num domingo, então teria que entregar o presente na sexta.

No dia então levei o presente embrulhado num lindo papel de presente rosa, e esperei a oportunidade para entregar. A melhor oportunidade seria na hora da saída. E tinha certeza que conseguiria encontrar ela, pois como já falei era um bom aluno, e quase sempre era um dos primeiros a sair da sala, reflexo de fazer as atividades em tempo recorde.

Chegou a hora de ir pra casa e eu fiquei sentado numa cadeira que havia na saída do prédio onde estudávamos. Esperei e percebi que ela havia notado que eu estava lá para entregar um presente para ela, e diante disso ela não veio esperando que eu desistisse. Quando percebi isso resolvi sair do prédio na esperança que ela pudesse sair achando que eu teria ido embora, o que não aconteceu. Até que chegou um "amigo", que também era amigo dela, e disse que poderia me ajudar e que entregaria o presente a ela dizendo que fui eu. Não vendo outra solução resolvi aceitar essa proposta. Sabem o que aconteceu? Esse tal amigo foi lá, falou com ela e ela disse que não queria o presente, e que ele poderia ficar com ele. Então ele saiu do prédio, me informou isso e saiu correndo levando o presente, nem ao menos perguntou se poderia ficar com ele.

É, nesse momento ele levou minha caneta e ela destruiu meu coração, e todos aqueles dias que ficava olhando pela janela ela passar em frente à minha casa foram em vão, e o pior foi tudo o que ela me causou. Na época não pude perceber, mas esse romance mudou totalmente a minha vida.

A primeira coisa era que eu era tímido, isso não posso negar, mas era tímido com todo mundo. O que aconteceu foi que depois disso eu nunca mais fui o mesmo com as mulheres. Se eu tivesse que falar com um garoto desconhecido era uma coisa, mas se fosse uma garota desconhecida, e se ela fosse bonita, e se eu ainda gostasse dela, a coisa ficava muito complicada.

Demorei sete anos para perceber isso, e passei sete anos até conseguir me recuperar totalmente e voltar ao patamar que estava na época. Inclusive é por isso que não a perdoo, e se chegasse a conhecê-la novamente de alguma forma, nem sei o que seria capaz de fazer. Nem adianta tentar dizer que devo esquecer isso, a verdade é que consigo viver sem isso, mas esquecer jamais, não se esquece uma garota que mudou totalmente a sua vida, ainda mais se foi para pior.

Felizmente nunca mais tive o desprazer de encontrar com ela, e espero que isso nunca aconteça. Quero que ela viva a vida dela, mas sem ela nunca mais chegar a estar presente na minha.

Tatiana
Tempos difíceis estão vindo

"A verdade é que não sei como fui me apaixonar por você." (Luciano Junior)
Música: The Reason/Hoobastank

Essa garota marca duas mudanças na minha vida. Basicamente foi a primeira garota por quem me apaixonei no meu novo colégio. Meu antigo colégio só ia até o 5º ano do Ensino Fundamental, então era necessário mudar para um colégio maior. Ao menos essa mudança era boa, a outra mudança foi a de comportamento. E essa não foi tão simples assim.

Lembram quando falei que o que sofri com Gisele iria mudar totalmente a minha vida nos próximos sete anos? Pois bem, Tatiana foi a primeira garota dessa minha nova ruim fase. A fase da timidez exagerada com as mulheres, e a fase do "ninguém gosta de mim".

Mas vamos falar um pouco sobre essa garota. Primeiramente é a partir dela que começo a observar os atributos físicos das garotas, e não é exatamente o que você deva estar pensando, é só um olhar mais aguçado nas pequenas curvas de linhas redondas que o corpo feminino tem. Como disse, sou um cara diferente, e a primeira coisa que olhava em uma garota era o rosto e consequentemente os olhos, além do sorriso, falando em sorrisos, sou apaixonado por eles, e acho que um bom sorriso pode melhorar tudo. Justamente por isso não entendo como fui-me apaixonar por Tatiana, ela era morena, bonita, mas não tinha aquele sorriso mágico. Seus cabelos cor de mel de abelha não justificavam sua falta de mostrar os dentes.

Essa fase foi difícil, precisava me adaptar ao novo colégio, as novas amizades, e principalmente ao meu novo jeito com as mulheres. É por isso que eu nunca tentei algo pessoalmente com ela. Para tentar resolver a situação pedi a um amigo que ele falasse com ela e pedisse o *MSN* dela, sem dizer que era eu, até o entreguei uma folha onde ele poderia anotar a informação. Pois bem, ele pediu, mas esqueceu da parte de omitir a minha identidade, sendo assim ela negou e não disse seu *MSN*.

A partir daí foram dias e mais dias pensando nela, somente pensando. O pior da situação é que outro amigo meu era muito amigo dela, e como eu passava boa parte do tempo com esse amigo, inevitavelmente eu passava muito tempo perto dela, inclusive nós sentávamos muito próximos na sala. Só que isso não era suficiente para mim, eu queria poder tocar naqueles cabelos e colocar minhas mãos junto da dela, mas simplesmente não dava.

Com esse "romance" aprendi que garotas não gostam de garotos inteligentes e ao mesmo tempo quietinhos. O segredo era ser inteligente e ao mesmo tempo sociável, coisa que só fui aprender tempos depois, com outra garota. As garotas querem alguém que faça alguma coisa.

Anos depois voltei a estudar com Tatiana, agora eu já era Ensino Médio, e então me perguntei como eu fui gostar dela, como fui gostar daquela agora e daquele seu tipo. Dessa forma aprendi que a gente precisa chegar ao futuro, para entender que o passado não valia a pena.

Vitória
Aquela dos olhos azuis

"A minha mãe sempre disse que você tem que colocar o passado para trás antes que possa seguir em frente." (Forrest Gump)

Música: Closer/Travis

Você acredita em amor à primeira vista? Não, eu não acredito, acredito sim em paixão à primeira vista. Pois a paixão é algo que pode surgir do nada, o amor precisa ser construído. É claro que da paixão pode-se construir o amor, mas não é o que acontece nessa história, não mesmo.

Esse romance começa um ano depois de Tatiana. Quando cheguei ao meu novo colégio fui estudar pela parte da tarde. Lembram que eu era inteligente, pois bem, passei em quarto numa prova que dava desconto para estudar nessa escola, mas era necessário estudar à tarde. Pois bem, no outro ano minha mãe achou que eu estava muito preguiçoso, pois sempre acordava às 9h ou 10h, então decidiu que deveria estudar de manhã. Não acho que estava preguiçoso, só estava aproveitando meu tempo para descansar. Até que tive que estudar pela manhã.

Foi assim que me apaixonei por Vitória. Era o primeiro dia de aula, e só tinha um amigo que havia estudado comigo à tarde. Então nesse primeiro dia sentei e fiquei esperando o professor chegar, e de repente ela chegou. Ela tinha dois grandes e belos olhos azuis, e então foi amor à primeira vista, quer dizer, pensei que fosse amor, ainda não conhecia essa separação de amor e paixão.

Durante a aula ficava olhando para ela, claro que usando minhas técnicas de espião e não deixando ela perceber. E acho que nunca teria percebido se eu não tivesse feito algo. Foi então que tive a brilhante ideia de me tornar o admirador secreto dela, como acontece naqueles filmes antigos. O plano era escrever uma carta e mandar um presente. Na época eu não era bom em falar sobre amor, não que seja agora, mas enfim. A solução foi pesquisar na internet textos de amor, e achei um bem interessante, não me recordo muito bem o que ele falava, lembro apenas que em alguma parte do texto tinha "eu te amo", assim, na lata.

Sem ideias para presentes que fossem necessário dinheiro, resolvi fazer meu presente. Assim escolhi as minhas melhores músicas, que falavam sobre amor é claro, coloquei em um CD, e seu presente foi uma seleção de músicas adoráveis. Com tudo em mãos restava apenas o plano para entregar a carta e o CD. Decidi que, na hora do recreio, quando todo mundo saísse da sala, eu colocaria as coisas na bolsa dela. E sabem que dia escolhi para fazer isso? 12 de Junho, que nesse ano seria numa terça-feira.

Assim foi feito, chegou o tal dia. Coloquei o CD e a carta o mais escondido na minha bolsa, não queria que ninguém descobrisse meu plano. Chegou a hora do recreio, e é aí que começa a parte mais difícil do plano, pois as coisas saíram da maneira errada. O sinal tocou e começou o recreio, só que por algum desejo dos deuses, algumas meninas continuaram na minha sala. Eu como estava 100% no plano continuei, e fingi que estava copiando o que estava no quadro. Passei longos minutos que pareciam não mais acabar, já dava para ter escrito umas dez vezes o que a professora copiou. Até que finalmente elas resolveram sair, e rapidamente peguei os presentes e coloquei na bolsa dela. Para continuar com um pouco de azar, minha sala ficava num corredor, e durante a hora do recreio a porta desse corredor era trancada como forma de segurança, então ainda tive que esperar mais um tempo, mas felizmente a senhora abriu o portão e me deixou sair.

Quando saí de lá o recreio estava acabando, então era certo que faltariam alguns poucos minutos para tudo ser revelado. Voltei para a sala antes que ela, e pude presenciar o momento em que ela pegou a carta e leu. A professora da aula era a mais rigorosa, e quando minha paixão reclamou do presente e disse que os pais dela não gostariam nada de ver isso, a professora remediou e disse que era bom ter alguém apaixonado por você. Eu gostaria, você não? Ela pareceu não gostar.

Nisso aconteceu outro erro meu, pois assinei a carta com o meu último nome, e na nossa sala só havia duas pessoas que possuíam esse nome, eu e outro colega. Então perguntaram a ele se foi ele, e ele disse claramente que não, então perguntaram a mim, também respondi que não, mas foi aquele não que desejaria ser um sim. A maioria desconfiava que tivesse sido eu, mas não tinham certeza, e até hoje muitos não tem.

Você deve ter percebido que nunca falei diretamente com ela, e talvez nunca tivesse falado, se três anos depois ela não me tivesse perguntado sobre um evento do meu colégio que eu estava cobrindo. Percebi ali que foi a primeira vez que dirigi a palavra a ela e vice-versa. Percebi também o quão não mais fazia sentido.

Sabe, você passa parte dessa história ouvindo seus colegas dizerem que ela era bonita de rosto, mas não tinha um belo corpo. Ou que eu fiquei apaixonado por seus olhos azuis, mas não, tinha a delicadeza do rosto, e a suavidade da pele. Pena mesmo foi não ter analisado a personalidade dela. Anos depois ela se tornou alguém que nunca me apaixonaria, por mais que continuasse com a beleza, e tivesse agora um "corpo". Mas o que a gente não faz quando está apaixonado, não é mesmo.

Alexia
A grande paixão que se apagou

"Ninguém disse que era fácil, ninguém nunca disse que seria tão difícil." (The Scientist, Coldplay)
Música: Pensando em Você/Pimentas do Reino

Quer começar uma boa história, então comece do começo. Pra mim essa tarefa é fácil, pois ainda lembro exatamente da roupa que Alexia usava quando a vi pela primeira vez, e do sorriso que carregava. Era uma blusa colorida com listras na vertical, uma calça jeans e uma sandália rasteira amarela. Lembro-me disso por que sempre adorei os detalhes, e como foi paixão à primeira vista não havia como esquecer uma coisa dessas.

Novamente, depois de um ano, me apaixonei por uma garota no primeiro dia de aula, dessa vez ela era uma novata. Por coincidência as garotas que mais "amei" eram novatas, foi assim com Gisele, agora com Alexia, e guarde essa informação, no futuro vocês irão perceber que se apaixonar por novatas não é apenas uma coincidência comum.

Dessa vez decidi que agiria rápido, ela era novata, e não poderia esperar que outro alguém conquistasse o seu pequenino coração. Então apenas um mês depois de ser "fisgado" por ela decidi fazer algo. A ideia surgiu da seguinte maneira: eu não era um cara muito ligado em internet na época, mas também não era extrovertido o suficiente para ir falar diretamente com ela, então quando um amigo disse que estava paquerando uma menina no *Orkut* a ideia veio como uma lâmpada na minha cabeça. Era a oportunidade perfeita, mas havia dois problemas. Primeiro eu não tinha *Orkut*, mas essa parte foi fácil de resolver, já o segundo problema foi encontrar o perfil dela. Passei uma tarde inteira fazendo a busca, e finalmente achei, foi aí que enviei a solicitação, e agora era só aguardar ela aceitar.

Assim aconteceu e passamos à segunda parte do plano, que era dizer pra ela que estava apaixonado. Então escrevi um depoimento no *Orkut* e enviei, o depoimento dizia claramente eu te amo, mas ao menos dessa vez quem escreveu tudo fui eu, não era o texto mais lindo de ler-se, mas fazia a sua parte de dizer pra ela que gostava dela. Enviei o texto na sexta, e na segunda ela chegou e já havia lido. Lembro que eu sempre ficava na porta da sala antes de começar a aula, nesse dia não foi diferente, e ela chegou, com um sorriso no rosto e "agarrada" com a amiga, aliás, essas foram às palavras da amiga quando passou por mim:

— Aê Gabriel, arrasando corações!

Infelizmente eu não falei pessoalmente com ela depois disso, até fui sentar perto dela na sala, e olha que eu sentava na frente e ela lá no fundão, então era sair da minha zona de conforto. Mas a paixão tem dessas coisas, e sentei perto dela, mas quem disso que isso adiantou, era tímido demais para falar com ela, pois ela era a garota mais bonita da minha sala, e não era só eu que achava isso. Seus cabelos negros e a estrutura do seu corpo também deixavam outros garotos loucos por ela.

Tempos passaram e continuei gostando dela, mas sem fazer nenhuma ação. Gostava tanto dela, e pensava tanto nela, que numa prova de matemática tirei nota 3, porque durante a prova não consegui pensar em nada além dela, era tanto ela, ela e ela, que aqueles números pareciam não fazer sentido.

Até tentei ser um cara melhor, e resolvi convidar ela para ir ao cinema, sei que não fazia muito sentido, mas era louco por ela. Apesar de tê-la convidado, ainda era tímido e por isso convidei pelo *Orkut*, mas ela não respondeu. No dia que supostamente iríamos para o cinema ela estava no *MSN*, e perguntei, ela disse que não poderia ir, pois teria que estudar – pausa. Venhamos e convenhamos, por mais que gostasse dela, sabia que ela não era estudiosa, trocar diversão por estudo não seria a praia dela. Então insisti e dessa vez ela disse que a mãe dela não deixava – pausa de novo. Não conhecia a mãe dela, mas pelo que Alexia fazia, era difícil acreditar que a mãe dela não a deixaria ir ao cinema, mesmo com um garoto. Então a conclusão que chego é que ela não queria ir, ao menos comigo, tudo bem, só sei que ela perdeu de assistir um filme de graça, pois eu iria pagar as entradas e a pipoca.

Chegou o Dia dos Namorados, e dessa vez não fiz nada. Inclusive esqueci de mencionar que ela tinha namorado, não "um" namorado, e sim vários em épocas diferentes. O maior tempo que ela passou namorando foi um mês, mas achava que comigo poderia ser diferente, é o que a gente sempre pensa. Chegaram as férias e foi tempo de descansar e passar um tempo sonhando com ela.

Acabaram as férias e chegou uma das partes mais críticas de nossa história. Gostaria de dizer que ela tinha uma amiga, que para mim não era legal. Essa amiga entra na história da seguinte forma, depois das férias decidi tomar uma decisão, pedir ela em namoro, novamente pelo *Orkut*. Mandei a mensagem na sexta, e esperei até a terça para saber o resultado. Ela não respondeu meu pedido, apenas apagou meu *scrap*, e me fez pensar que ela tinha lido, só que ela não leu, quem leu foi a amiga, que não a avisou. A história fica mais interessante porque briguei com o namorado dela, não de verdade é claro, até minhas brigas foram pela internet. E ao brigar com esse cara percebi que estava errado, e pedi desculpas e disse que se ela estava com ele, nada poderia eu fazer. Num acesso de curiosidade perguntei quando eles começaram a namorar, ele disse que na segunda. Nesse momento fiquei triste e várias coisas vieram a minha cabeça, pois enviei a mensagem na sexta, e eles começaram o namoro na segunda. Será que se ela tivesse lido, a história seria diferente? Talvez, quem poderia saber.

A nossa história poderia ter acabado aí, mas não, eu quis continuar fazendo coisas erradas. E no aniversário dela, que é comemorado um dia após o Dia das Crianças, decidi dar um presente. Novamente uma carta e um presente especial. O texto da carta foi novamente copiado da internet, mas parecia que tinha sido feito para mim, falava de gostar dela, de estar completando mais um ano de vida, e de que queria estar com ela. O presente seria um porta-retratos, e todo mundo sabe que quando você compra um vem uma foto lá dentro. Minha ideia então foi retirar essa foto e colocar uma de nós dois, mas não tínhamos fotos juntos, então fiz uma montagem, que não era de um especialista, mas iria servir. Como brinde ainda tinha um chocolate Sonho de Valsa.

Decidi fazer a operação do mesmo jeito da do ano anterior, com uma diferença, não iria ser um admirador secreto, seria eu mesmo. No dia combinado coloquei o presente, e foi mais fácil, pois ninguém ficou muito tempo na sala após o sinal. Na volta do recreio alguns amigos viram o presente no caderno dela, o maldito Sonho de

Valsa denunciou, e esses tais amigos tentaram ver o que mais tinha, mas eu não deixei, e inclusive disse que tinha sido eu a fazer aquilo. Por que esconder? Mais tarde todos saberiam.

Ela chegou na sala e leu, os resultados foram os seguintes: o bombom foi comido por um outro colega, todo mundo da sala leu a carta, e como meus colegas gostavam de dizer na época, ela ficou com o porta-retratos, tirou nossa foto e usou para colocar a dos namorados dela, sempre atualizando a cada nova semana. Mas foi bom, ela veio até mim e disse que adorou a carta, e eu nem chorei, até que o professor, aquele de matemática disse:

— Parabéns Gabriel! Você é um cara corajoso.

Não aguentei e chorei, fazer o que né? Aquilo estava me consumindo, ela, a paixão e tudo o que estava fazendo de certa forma estava consumindo meu lado emocional.

E já que falamos em chorar vamos para outras lágrimas derramadas. Nenhum dos meus colegas sabe exatamente o motivo de eu ter chorado por ela, todos sabem que chorei, ninguém sabe por que, ao menos até agora. O que vou contar agora a você é uma das passagens mais importantes de minha vida amorosa, sem ela nunca teria crescido tanto. A história começa assim, alguns amigos estavam me dando conselhos sobre a Alexia, a conversa acabou, mas um amigo continuou falando só para mim. Ele falava como já se tinha decepcionado pelas mulheres, e como gostava de outra garota da sala, aliás, eu fui o único que tinha certeza que ele gostava dessa garota, os outros achavam que era brincadeira dele, tudo por culpa do que ele me contou nesse dia. Ele continuou contando e depois saiu, nesse momento abaixei a cabeça e comecei a pensar sobre o que ele havia dito, então comecei a chorar, mas continuei com a cabeça baixa, até que alguns colegas tentaram levantar minha cabeça e perceberam que estava chorando, tentaram me consolar, e inclusive Alexia chegou e me chamou para ir lavar o rosto. Estranho, o motivo de estar chorando estava agora tentando remediar a situação.

Fui retirado de sala por uma das auxiliares da coordenação e fui lavar o rosto. Era para ter ido conversar com a psicóloga sobre como enfrentar essa situação, mas ela não estava, e acabei conversando com a auxiliar mesmo. Recuperei-me e depois daquele dia nunca mais seria o mesmo. Comecei ali um projeto intenso para superar a timidez, que só foi concluído quatro anos depois, mas aquele tinha sido o gatilho.

Ela era linda, tinha os olhos castanhos, a pele branquinha, e um belo corpo, inclusive foi a primeira garota que passei a desejar o corpo também, não que isso tenha feito me apaixonar por ela. E quando aquelas lágrimas acabaram, parei de tentar algo com ela, mas não parei de gostar ainda, um ano depois passei por ela na rua e senti calafrios. A sorte foi que ela mudou de colégio, se ela continuasse teria sido difícil esquecê-la.

Os anos foram passando e via ela ao menos uma vez ao ano, inclusive ela me adicionou no *Facebook*, mas depois de um tempo deletei ela dos meus amigos, pois ainda lá no fundo sentia algo. Ela figurou por muito tempo adormecida no meu coração, e só tive a certeza de que acabou meu sentimento por ela, quando "a garota que mais gostei até agora" surge (você ainda vai ler sobre ela), eu passo na rua por Alexia, ela está sentada e a vejo apenas como a lembrança de um sentimento.

Admito agora que a culpa de não ter dado certo foi minha, talvez se tivesse falado pessoalmente com ela as coisas poderiam ter sido diferentes. Mas ela mudou, não sei se ainda gosta de *Petit Gâteau*, mas se pudesse dizer apenas uma coisa, diria que a preferia morena e de olhos castanhos.

Mariane
Aquela que se apaixonou por mim

"Irei sempre me arrepender de nunca ter tido você."
(Luciano Junior)
Música: Toca Um Samba Aí/Inimigos da HP

Todo começo de história eu explico como fui me apaixonar pela garota, e como foi a primeira vez que a vi. Só que com Mari é diferente, chamo Mari não por intimidade, mas porque foi pelo diminutivo do seu nome que a conheci. A época era difícil, foi ainda no mesmo ano de Alexia, depois de um tempo do depoimento do *Orkut* que mandei para ela. Decidi que iria esquecer Alexia e estaria pronto para outras garotas.

Eu não era apenas inteligente, também era atleta, um atleta que sempre ficava na reserva, mas um atleta. Então um dia iria acontecer uma espécie de evento que serviria de abertura para uma competição esportiva que meu colégio viria a participar. Fui um dos poucos atletas do meu time a comparecer nesse evento, e como não tinha muitos amigos fui sozinho. É desse jeito que as coisas começam a se desenrolar.

O evento era numa quadra esportiva, e eu estava sentado na arquibancada assistindo o evento, quando um cara que estava do meu lado começou a puxar conversa, perguntou meu nome e se eu participaria dos jogos, disse que sim e ele apresentou sua amiga, chamada Mari. Ela falou comigo rapidamente, e esse cara perguntou se eu tinha namorada, respondi que não, e ele falou que Mari me achou bonito e queria namorar comigo. Só que ele não falou normal, foi meio que em tom de brincadeira, mas ela não desmentiu, e continuei assistindo o evento, que já estava quase no fim. Fiquei meio intimidado com a situação e quase não conseguia mais olhar para o lado de Mari e seu amigo.

Aqui acontecem coisas que me fizeram ficar um pouco triste no momento. Primeiramente uma garota que vestia a blusa de outro colégio chegou nela e começaram a conversar, nesse momento pensei que ela fosse desse outro colégio, e como não era muito bem relacionado, talvez a gente nunca mais viéssemos a nos ver. Então o evento estava quase acabando e ela foi embora, não antes de dar tchau para mim, e fez isso com um sorriso estampado na cara.

Tudo bem, o evento acabou e fui embora, o problema é que quando estava saindo a vi entrando no carro de um cara que não parecia muito ser apenas um amigo, ou da família. Senti algo estranho, mas continuei saindo do colégio e liguei para o meu pai ir me buscar, e assim foi. Nas outras semanas não a vi mais.

Então você percebe como a vida às vezes te ajuda muito. Eu quase sempre voltava de carona do colégio com um amigo meu. Sendo que umas duas semanas depois do tal evento o pai do meu amigo demorou um pouco pra levar a gente, pois estava falando com alguém lá dentro, então eu e meu amigo ficamos esperando em frente ao colégio. Nesse momento ela apareceu, e percebi que estava usando a farda do meu colégio, ou seja, nossas chances haviam aparecido novamente. Ela ficou me olhando e eu olhando ela, mas nesse momento foram só troca de olhares. Só que isso foi suficiente para perceber claramente como ela era, pele branca e cabelo curto loiro, e eu adorava loirinhas.

Ainda nesse negócio de *Orkut*, resolvi procurar o perfil dela, só tinha um problema, não sabia se o nome dela estava escrito como Mari, ou se era Mari*ana* ou Mari*ane*. Pesquisei por todas as possibilidades e descobri que era Mariane, e mais, descobri que ela era apenas um ano mais velha que eu. Comemorei.

Foi passando um tempo e chegou a hora que resolvi fazer algo. Resolvi fazer o mesmo que com Alexia, mandei um depoimento no *Orkut* dizendo que ela tinha me conquistado. Também falei que a culpa de estar apaixonado por ela, era só dela. Meu erro foi não acreditar que ela estava interessada em mim, e que poderia aceitar o meu pedido.

O depoimento foi enviado no penúltimo dia de aula antes das férias do meio do ano. E no último dia eu sabia que ela tinha lido aquilo. Pois nesse último dia os alunos saíram mais cedo, pois era só fazer uma prova e ir embora. Só que o pessoal da minha sala resolveu se reunir num tipo de pracinha que fica dentro do meu colégio, porém fora do prédio principal.

Lá, juntamente com os meus colegas, fiquei sentado num banquinho e ficamos fazendo algumas coisas. Só que a cerca de alguns metros de onde eu estava havia um lugar que também servia de banco, e então Mari sentou lá, e ficou lá, mas não era por acaso, ela percebeu que eu estava por perto e ficou ali para que eu pudesse ir lá, falar com ela, e quem sabe o que poderia acontecer depois.

Mas eu não fui, sabia que ela estava-me olhando, mas não fui lá falar com ela. A amiga dela chegou e ficou com ela, ainda esperando que eu fosse lá, mas eu fui embora, e as férias chegaram logo depois, e toda aquela chama se apagou, por ambas as partes. A verdade é que naquele último dia de aula eu estava com medo, medo por ser tímido, e medo porque foi a primeira chance mais clara de conseguir namorar uma garota, e acho que isso de certa forma me assustou.

Apesar dos anos terem passado sempre irei me arrepender desse caso, não só por mim, mas por ela também. Imagina como é alguém dizer que gosta de você e quando você dá a oportunidade essa pessoa fica se escondendo. Por entender isso foi totalmente compreensível para mim que nos próximos anos que ela continuou estudando lá, a gente nunca tenha trocado olhares, nem mesmo depois daquelas férias.

Falando em férias, durante aquelas férias decidi que falaria com Mari, mas quando as aulas voltaram ela não deixou nenhuma oportunidade para mim, e eu não tentei criar. Então cometi a burrice de tentar Alexia novamente, no episódio que vocês conhecem como o *scrap* que a enviei pedindo em namoro.

Anos depois estou aqui, escrevendo sobre Mariane, tendo ela como amiga no *Facebook*, e sem a coragem de enviar uma mensagem pedindo desculpa pelo que fiz com ela. Dizendo que era imaturo naquela época e que cresci e evolui, e que de alguma forma agora ela pudesse me perdoar. E dizer ainda que me arrependo daquilo, não só por aquela época, mas por agora também.

Karol
A que não me conhecia

"Algumas pessoas nunca cometem os mesmos erros duas vezes. Descobrem sempre novos erros para cometer." (Mark Twain)

Música: Same Mistake/James Blunt

Ainda era o mesmo ano de Alexia e Mari, dessa vez após a segunda tentativa frustrada de conseguir Alexia, quando decidi que iria começar a esquecer ela de uma vez por todas. Durante uma das minhas navegadas pela internet descobri uma linda garota chamada Karol, que era um ano mais velha, mas não estudava na mesma sala de Mari.

Passei algum tempo olhando o álbum de fotos dela do *Orkut*, e quanto mais olhava, mais me apaixonava. Acredito que foi apenas um dia olhando o álbum dela, pois no outro dia já enviei um depoimento dizendo que estava muito apaixonado por ela e que não conseguia pensar em outra coisa. O texto era bonitinho e tudo mais, mas fui muito burro. Algumas horas depois de enviar o primeiro depoimento, sem nem ao mesmo ela ter lido ele, já enviei outro, que basicamente pedia ela em namoro. Assim mesmo, sem nem conhecê-la.

É totalmente imaginável agora que ela nunca iria aceitar esse pedido, mas na época não. E assim foi, ela respondeu meu depoimento, com uma resposta que não gostei de ler, aliás, quem é que gosta de levar um fora. Ela respondeu com "eu nem te conheço". Em menos de três dias já havia me apaixonado por ela, e ela já tinha quebrado meu coração.

Ainda no outro dia de aula após isso fiquei tentando me esconder para que ela não me pudesse ver. A verdade é que fiquei com vergonha do que fiz, e até agora não sei como tive a coragem, mas o tempo sempre volta para mostrar algo a você, para mostrar que a história não acaba assim. Os anos se passaram, outras paixões vieram, até que isso volta à tona.

Alguns anos depois desse terrível acontecimento ela viajou em um intercâmbio, até aí tudo bem, o problema é quando ela volta do intercâmbio. Como ela passou um ano lá fora, acabou perdendo um ano de estudos aqui no Brasil. Sendo assim quando voltou teve que continuar os estudos de onde parou, e então foi estudar no mesmo nível que eu, felizmente, felizmente mesmo, ela optou por estudar na outra sala. Não queria viver a vergonha de ir todos os dias pra aula e encontrar justamente com ela.

Isso já era ensino médio, então a nossa cabeça já era outra. Quando essas aulas começaram percebi que ela ainda se recordava de mim. Ela olhava para mim, não sei se porque estava agora interessada, ou se apenas sentia pena do garoto que a pediu em namoro do nada. Ela continuava uma loira baixinha linda, mas agora era outra, e talvez essas situações fossem possíveis agora.

Por ela me olhar um pouco poderia ter tentado alguma coisa, poderia fazer diferente dessa vez, poderia fazer dar certo agora, e tentar algo por mais improvável que um resultado positivo viesse a aparecer. Mas eu tinha medo, medo de cometer o mesmo erro outra vez.

Paola
A que gostava de mim, mas deixei escapar

"O segredo é não correr atrás das borboletas... é cuidar do jardim para que elas venham até você. No final das contas, você vai achar não quem você estava procurando, mas quem estava procurando por você!" (Mário Quintana)

Música: Quando/Myllena

Essa é uma daquelas garotas legais que se apaixonaram por mim, mas que meu coração nunca deu valor, ao menos não na hora certa. E por assim ser deixei mais essa escapar, mas a história não é só deixar escapar, houve coisas que poderia ter feito, e não fiz, ou demorei a fazer, coisas que deixei passar.

Tudo se inicia no primeiro dia de aula, no mesmo primeiro dia de aula de Alexia. Nesse dia Paola chegou e sentou e eu a achei interessante, mas alguns minutos depois Alexia chegou, e a partir daí esqueci completamente que tinha achado Paola interessante.

O ano foi passando e fui me aproximando dela, ficamos amigos, mas nada passou disso, afinal meu coração pertencia a "grande paixão que se apagou". Ficamos dessa forma durante um longo ano, mas durante esse ano sempre percebi que Paola gostava de mim, o jeito que ela me olhava, aquele jeito nervoso que ela falava comigo, e outros detalhes. Porém éramos só amigos.

Um ano se passou e continuamos estudando no mesmo colégio, mas agora Alexia já havia ido embora, e talvez fosse a chance que ela esperava. Só que assim como eu, ela era tímida, e talvez por isso ela até então não tivesse sido uma boa opção, pois sempre me apaixonava por garotas extrovertidas, ou bastante populares. Por eu ser tímido, namorar uma garota tímida me metia medo.

Então continuamos amigos, até que um amigo nosso resolveu fazer uma brincadeira comigo. Havia nesse ano uma menina que todo mundo dizia que eu gostava dela, a verdade é que eu a achava bonita, e como sempre precisava de alguém para preencher um vazio no meu coração, ela era a opção. Então como todo mundo sabia que essa menina não se interessava por mim, um amigo resolveu ajudar, na verdade não era bem ajudar, ele queria arrumar uma namorada para mim. Mas para isso escolheu uma menina nada interessante e me perguntou se ele poderia ir falar com ela, disse que não, mas ele era teimoso, então nem liguei para o que ele iria fazer.

O problema é que alguns minutos depois ele voltou, falou com essa menina nada interessante e disse que ela não quis, porém falou com outra, que em questão era Paola, e ela havia-se interessado pela proposta, e ele veio-me perguntar se queria ficar com ela. A verdade é que a informação foi um choque, sempre soube que ela gostava de mim, mas isso era surpreendente. Ele tentou-me convencer, e outros amigos também, usando como argumentos os atributos físicos dela. Meio atordoado pedi dois minutos para pensar, apenas dois minutinhos, meu amigo disse "ok", mas ele foi lá e falou para ela que eu não estava interessado. Só que após os dois minutos eu tinha tomado minha decisão, e era sim, mas já era tarde. A garota morena de cabelo loiro mel tinha escapado.

"Já era tarde", foi o que pensei, e tarde era uma palavra boa, pois na tarde desse dia a melhor amiga dela entrou no *MSN* e me fez uma pergunta, que poderia mudar tudo.

— É verdade que você está apaixonado pela Paola? — ela questionou.

— Não, é invenção dos caras. – respondi.

Você pode-me dizer agora que fiz errado, mas tente entender meu raciocínio. Disseram que eu estava apaixonado, o que nunca foi verdade, eu gostava dela sim, mas paixão não. A resposta poderia ter sido diferente, e se fosse assim, as coisas seriam bem melhores:

— Não, apaixonado não, mas a acho interessante. — era a resposta que deveria ter digitado naquele meu teclado branco.

Foi esse o nosso começo de história, mas ainda tinha bastante tempo, não era nem metade do ano ainda. Por isso decidi que tentaria algo com ela, mesmo depois disso. Quem sabe dessa vez não acontecesse, mas um pequeno detalhe mudaria toda a nossa história.

Eu era um garoto muito exigente, não só com os outros, mas comigo também. Tinha começado a me aproximar de Paola, até que um dia fui na dentista, lembrando que usava aparelho desde a época de Tatiana, e ao que parecia iria trocar o aparelho por um chamado extra bucal, e quando cheguei em casa, que fui pesquisar o que era, descobri que era o famoso "cabresto".

Como isso afeta minha relação com ela? Como disse, era exigente, e no momento achei que Paola não merecia um cara que usaria um aparelho extra bucal, minha primeira dúvida é como iria beija-la, ela era legal demais, e não merecia isso. Ela merecia alguém que pudesse beijar em seus lábios a qualquer momento.

O ano foi correndo e nada da minha dentista mudar o aparelho, a verdade é que ele nunca veio, no outro ano descobri que não usaria um extra bucal, e sim o ortodôntico móvel, mas já era tarde demais, quer dizer, talvez não tivesse sido. Ainda naquele ano, em Dezembro, quando já eram as férias, disse para mim mesmo que não deixaria um aparelho atrapalhar uma relação amorosa, e como sempre dizia, ano que vem seria diferente, e eu iria conquista-la.

Só que no ano que vem não foi possível, ele mudou de colégio e de cidade, e nada mais eu poderia fazer. Seis meses depois ela voltou, só que agora passou a estudar no turno da tarde, mas nossa chama já havia se apagado. Então deixei a escapar de vez, e ela foi embora.

Nicole

A que preferiu me odiar, ao invés de me amar

"Queria poder te tocar, te abraçar, te beijar, mas a única coisa que posso fazer é te ver." (Luciano Junior)
Música: Miss You Love/Silverchair

Histórias são sempre contadas pelo ponto de vista de quem as conta, é o caso de minha história com Nicole, que foi difícil de entender o que aconteceu, quer dizer, até hoje ainda não tenho certeza do que ela sentia por mim, se é que sentia algo.

A história começa com um amor não correspondido, mas não pela parte dela, quem não correspondeu fui eu. Ela era uma garotinha quando isso aconteceu, apesar de eu não ser nenhum "homem" na época. Ela era amiga de uma colega da minha sala, e vinha todos os dias para a escola com essa colega. Era do tempo que eu ainda chegava cedo ao colégio, e quando eu chegava ela sempre estava lá, e com várias vezes isso acontecendo percebi que ela me olhava diferente, daquele jeito que gosta, mas é tímida para falar ou fazer algo, afinal ela ainda era uma garotinha.

Nessa brincadeira passamos um ano e meio ela olhando para mim e eu nem dando muita bola para ela. Ela era, e ainda é muito bonita, o problema é que eu acreditava no amor platônico, e não achava que ela seria a mulher da minha vida. Até que depois de um ano e meio surgiu um rumor de que um colega meu estava querendo ficar com essa menina, foi aí que as coisas mudaram. Precisei da ameaça de outro cara ficar com ela, para que pudesse olhar para aquela garotinha de pele branquinha e olhos azuis de forma diferente.

E mesmo imaginando que ela gostava de mim, eu continuava sendo tímido, tímido o suficiente para enviar novamente um depoimento no *Orkut* me declarando para ela. Mas ela nunca me respondeu, mesmo ainda tendo mandado outros dois depoimentos, que ela apagava, mas não respondia.

Até que se passaram mais uns meses e agora eu já estava no ensino médio, ela continuava olhando para mim, mas a forma agora era diferente. Não sei se a culpa foi minha, ou se foi apenas ação do tempo, mas ela perdeu aquele ar de timidez, porém ainda continuava muito bonita com aquele seu cabelo que não se decidia se era loiro ou castanho.

Num dia qualquer fui a tarde para o colégio para fazer um trabalho de Artes com meus colegas. Fizemos o trabalho e depois fomos jogar bola na quadra. Esqueci de mencionar que ela fazia vôlei, então nesse dia ela estava lá esperando o treino começar. Joguei bola e o treinador de vôlei chegou, e então pediu pra gente sair da quadra. Quando íamos saindo passamos por ela e uma amiga.

— Não é esse aquele garoto que você gosta, Nicole? – perguntou a amiga.

Não foi uma alucinação, meus colegas também escutaram isso, e brincaram dizendo que era com outro colega do grupo, mas eu sabia que era comigo, no fundo eu sempre soube.

Teria maior prova que essa? Claro que não, então precisava fazer algo, mas precisava ser algo diferente dos depoimentos que enviei. Entre pensamentos decidi fazer um vídeo, com uma declaração para ela em texto, e decidi que não me identificaria no vídeo, primeiro queria ter certeza que ela estava interessada em saber quem era.

Fiz o vídeo, com um texto muito lindo, postei no *YouTube*, e comecei a divulgar, não só para ela, mas para as amigas também. No outro dia ela entrou em contato querendo saber quem era o tal admirador secreto, lembrando que criei uma conta no *Orkut* de uma suposta empresa para poder falar com ela. Ela falou comigo, mas não sabia que era eu, e pediu para saber a identidade do rapaz. Ainda tentei demorar um pouco, mas acabei revelando quem era, através de outro vídeo no *YouTube*, que continha minha foto.

Foi aí que comecei a não entender o que realmente tinha acontecido, pois ela começou a me xingar, dizer um monte de coisas ruins de mim, claro, achando que estava falando com um amigo meu, e que ele iria me passar todas as informações. Não entendi nada, mas achei que ela tivesse desistido de mim.

Mas uma semana depois do ocorrido veio a surpresa, ela continuava a me olhar, e eu não entendia mais o porquê. Na época precisava tirar minhas próprias conclusões, e então cogitei a possibilidade de na verdade ela gostar de um amigo meu, que andava sempre comigo, e nisso estaria a explicação dela olhar tanto para mim.

Ainda passei quase dois anos cruzando com ela nos corredores do meu colégio, mas como ela me deu um fora daquela maneira, foi fácil aceitar e não a querer mais, talvez se ele tivesse sido doce ao me dar o fora, as coisas tivessem sido mais complicadas. Algum tempo depois entendi o que realmente aconteceu, ela me odiava, mas não sem motivo, pois eu escrevia para ela, dizia que a amava, mas não tinha coragem de chegar junto, e essa foi a razão desse ódio.

Continuo vendo ela pelas ruas da minha cidade, mas sempre que passo por ela evito olhar diretamente. Talvez seja o medo de que ainda exista um ódio dentro daquele coração, mas foi assim que ela preferiu, me odiar ao invés de ser alguém especial na minha vida.

Wanessa
A que acreditei ser meu verdadeiro amor

"Queria tanto que aquelas frases de amor que tu escreves fossem para mim." (Luciano Junior)
Música: The Only Exception/Paramore

Todo mundo pensa que minha história com Wanessa começou quando entrei para o ensino médio e fiz uma declaração para ela, inclusive ela também deve pensar assim. Na cabeça dela eu devo ter aparecido por ali. Mas a verdade é que olho para ela desde que ela começou a estudar no mesmo prédio que eu, desde que eu fazia 7º ano do fundamental.

Desde aquela época já me interessava por ela, achava ela muito bonita e tão doce, mas nunca tentei nada com ela, porque por ela ser tão bonita e doce, a ideia de um dia ser seu namorado nunca tinha passado até então pela minha cabeça. Mas isso não me permitiu não gostar dela, muito pelo contrário, isso me fazia pensar muito nela.

Como você já deve saber tenho uma garota dos sonhos, chamada Karen, ela é a perfeição, porém não é real. Sempre usava Karen para comparar as garotas que desejei, mas ela não é real, por isso precisava achar alguém aqui no Planeta Terra que chegasse muito próximo dela, alguém que representasse meu ideal. Pasmem, a garota que utilizei para isso foi Wanessa, mesmo sem nunca esperar um dia namorar ela.

O tempo foi passando e fui procurando uma garota especial, que eu gostasse e que também gostasse de mim. E quando estava na minha cama pensando quando iria encontrar "minha garota", sempre vinha a ideia de que ela deveria ser parecida com Wanessa, daquele jeitinho que só ela.

Wanessa era doce, tinha um sorriso lindo, e era muito bonita, mas não um bonito normal, ela era linda demais. Imagine uma garota linda, agora pense que ela é mais bonita. Ela tinha os cabelos castanhos e dois lindos olhos verdes, e que olhos verdes. Mas não só a beleza dela era importante, apesar dela ser muito linda, tinha toda uma personalidade muito doce, meus colegas sempre diziam que ela era uma garota pra casar, e como seria bom casar com uma linda daquela. Você deve ter percebido o exagero de vezes que disse que ela era linda, mas não consigo fazer diferente, não consigo explicar de outra maneira aquela beleza. Ela não era só linda, ela era simplesmente a garota mais bonita da minha escola, e ainda arriscaria dizer da minha cidade.

Achava tudo isso dela, mas nunca pensei em me declarar. Até que um dia fiquei pensando nas vezes que a usei como comparação, nas vezes que disse que era esse tipo de garota que queria. E então me perguntei por que não ela, porque eu precisava achar alguém que fosse parecido com ela, quando ela já estava ali na minha frente.

Resolvi-me declarar como sempre fiz, utilizando a mesma técnica que com Nicole. Só que dessa vez as coisas foram diferentes, o vídeo foi muito mais elaborado, e tinha até uma campanha, que se chamava "Ele te ama Wanessa". A campanha tinha um vídeo, considerado pelas amigas dela como uma das declarações mais bonitas de todos os tempos, e também utiliza o *Twitter*. Usei novamente a mesma falsa empresa para fazer o serviço, e não revelar logo de cara minha identidade.

O projeto foi dando certo e demorou um pouco para que ela entrasse em contato. No primeiro momento não disse nada, e continue postando no *Twitter*. Demorei mais de uma semana para revelar quem era eu, até que revelei. Dessa vez decidi colocar ela frente a frente comigo, mas não na vida real, porque não conseguiria fazer isso, e sim no *MSN*. Foi aí que ela me disse que tinha achado lindo tudo o que fiz, mas que ela não gostava de mim, e pior, sugeriu que a gente pudesse ser apenas amigos, mas eu não queria ser só um amigo. No outro dia passei por ela no colégio, ela olhou para mim, mas fiquei com vergonha e não olhei para ela, mas não foi só vergonha, meu corpo também ficou travado na hora.

Aqui deixo um conselho para todas as mulheres, por favor, se não quiserem ficar com um cara, deem um fora nele, mas não um fora qualquer, dê um fora daquele tipo que ele nunca mais queira ver você, vai doer no momento na gente, mas é o melhor a se fazer. Esse é um pedido meu porque o fora que Wanessa me deu não foi suficiente, aquele jeito doce ao qual ela disse que não me queria, me fez ficar com esperanças de que quem sabe um dia ela mudasse de ideia. É por isso que passei dois anos olhando para ela pensando que um dia talvez tivesse chance.

Até que dois anos depois tenho outro conselho, que na verdade é um pedido, para as garotas. Por favor, se não gostar de um cara não fique olhando para ele diretamente, principalmente mostrando aquele seu belo e maravilhoso sorriso, com aqueles dois grandes olhos verdes. Sabe por quê? Porque dois anos depois cheguei a acreditar que ela havia mudado de ideia, que o jogo havia mudado e que algo a tinha feito gostar de mim.

Essa segunda fase começou quando estava na escada que vai em direção ao pátio do meu colégio. Ela estava conversando com seus colegas e um professor, e sem querer querendo fiquei admirando ela, só que parece que ela percebeu, então ela olhou para mim, percebeu que eu estava olhando e sorriu. Então continuei olhando sem acreditar, mas ela olhou de novo e sorriu. Ao chegar em casa não acreditei que isso pudesse ser verdade, que teria a chance de namorar com a garota mais bonita do meu colégio, aquela que desejei por anos.

No outro dia fui para o colégio mais uma vez. Estava agora jogando dominó com meus colegas de classe, e ela estava bem próxima, e sabe o que ela fez? Ficou olhando para mim e sorrindo. Não, não, não era possível, agora ela me desejava. Mas só isso não seria o suficiente, precisava fazer algo, decidi que iria falar com ela pessoalmente, a desculpa seria dizer que só queria acertar as coisas de dois anos atrás, também diria que ainda gostava dela, mas precisava seguir. Nesse momento esperava que ela dissesse que eu não precisava seguir em frente, e então beijaria seus lábios apaixonadamente, e tudo até agora teria valido a pena.

Mas essa não é uma história com finais felizes, nem sentimentos puros. Falando em sentimentos, nessa época estava gostando da "garota que mais gostei até agora", porém aquele sorriso de Wanessa me fez esquecer um pouco dela. Pois nessa segunda vez senti por Wanessa novamente o que havia parado de sentir desde Alexia, as tais borboletas no estômago.

Só que nem tudo é tão bonito, é por isso que essa garota que vocês ainda vão conhecer é considerada "a garota que mais gostei até agora", tudo porque ela foi a única que me fez duvidar do que realmente sentia por Wanessa. Achei que o que sentia por ela fosse amor verdadeiro, até porque nunca foi paixão, só que não é amor, é um sentimento difícil de explicar, e que talvez os cientistas ainda não tenham descoberto. Tentando explicar o inexplicável funciona assim, nunca consegui esquecer Wanessa, consigo viver sem ela, mas com ela sinto que a vida seria bem melhor. O problema é ainda mais complicado, pois tenho sonhos na vida pessoal e profissional, todo mundo tem esse tipo de desejo, o problema é que Wanessa mata esses meus desejos. Sinto que se tivesse ela, nenhum desses desejos seriam mais necessários, e isso ainda me deixa confuso.

Resolvi falar com ela, não pessoalmente, mas pelo chat do *Facebook*, e foi isso que aconteceu:

− Oi − disse aquilo que todo mundo diz para iniciar uma conversa.

− Ooi − meu coração disparou, esse "oi" dela foi muito longo.

− Sei que é meio estranho estar falando com você assim do nada. Mas é que me sinto estranho quando te vejo e lembro daquilo que fiz há dois anos, e após aquilo nunca falei sobre isso com você. Esse é meu último ano no colégio e não queria deixar nada estranho entre nós.

− Oooush, o que é isso menino! Pode relaxar, de boa =)) − relaxei um pouco com isso.

− É que você é uma menina especial e fofa, e não queria que ficasse nada de ruim entre nós. Ainda gosto de você, mas tenho que superar isso. Tenho certeza que você vai ter alguém especial na sua vida, é uma pena só que esse alguém não seja eu.

– Ah muito obrigada! É verdade, nem sempre as coisas são como a gente deseja né? Mas Deus sabe o melhor pra cada um, e com certeza você vai encontrar uma menina maravilhosa que vai-te dar muito amor, viu? :) – e eu só queria que essa menina fosse você.

– Ok.

Foi assim que terminou, por mais que tenha sido triste levar um fora dela pela segunda vez, foi melhor assim, me senti mais aliviado de saber que ela não mudou de ideia. Quanto a não pensar nela eu consigo, desde que não a veja por alguns minutos seguidos, pois isso irá me fazer passar as próximas 48 horas pensando como seria bom ter ela ao meu lado.

E não me diga que é amor verdadeiro, ele não existe, e se ele realmente existe, prefiro não acreditar que sinto isso por ela, pois se isso existisse estaria ligado a ela para sempre, e então se esse fosse o nosso fim, esse fim teria que ser com reticências.

Marcella
A garota que me deu 10

"Daqui a alguns anos você estará mais arrependido pelas coisas que não fez do que pelas que fez. Então solte suas amarras. Afaste-se do porto seguro. Agarre o vento em suas velas. Explore. Sonhe. Descubra." (Mark Twain)
Música: Fada/Victor e Leo

Juntamente com Mari, elas são as únicas em que me arrependo amargamente de nunca ter feito algo. Posso ter errado com outras, não ter feito o que deveria ser feito, mas nenhuma dessas outras deixaram esse sentimento de arrependimento em mim como Mari e Marcella. Você vai entender o porquê no decorrer dessa história.

Nossa história começou por acaso. Era tempo dos jogos interclasses no meu colégio, e tinha a abertura desses jogos. E para fazer a abertura eram chamados dois alunos de cada sala. Foram chamados uma menina e um menino da minha sala, que deveriam ir para a quadra ensaiar a abertura. Isso aconteceu na hora do recreio, e os outros alunos, assim como eu, continuaram na sala tendo aula.

Porém uma coisa aconteceu, o menino da minha sala desistiu de se apresentar, e então voltou na sala para chamar alguém, esse alguém fui eu. Sempre fui tímido, mas gostava de me aventurar nessas coisas. Quando cheguei na quadra outras salas estavam ensaiando, e o pessoal do terceiro ano estava fazendo uma brincadeira. Para ensaiar era preciso andar pela quadra, parecido com um desfile de moda, e a brincadeira era que os rapazes levantavam um pedaço de papel com a nota 10, para toda menina bonita que passava. Uma coisa meio louca, mas que acabava deixando as meninas ao mesmo tempo com um sorriso e sem graça.

Chegou a minha vez de fazer esse "desfile", juntamente com a menina da minha sala, e levantaram o papel para ela, o que era normal. Mas surpreendentemente uma menina também levantou o papel com o 10, e não, não era para minha colega, era para mim, pois ela sorriu e eu fiquei sem graça.

A abertura dos interclasses era nesse mesmo dia, e os jogos já começavam no outro dia pela manhã. Eram uns cinco dias seguidos de jogos, e durante esses jogos foi que tudo aconteceu. Disputei as partidas normalmente, e durante um intervalo entre uma partida e outra resolvi comprar uma garrafa d'água. No caminho da cantina passei por ela, ela sorria para mim, mas não fui falar com ela, não fiz nada além de esboçar um sorriso triste. Ela era uma linda morena, que sorria pra mim, numa maneira de dizer vem, mas eu não ia, eu queria, só não conseguia.

Até essa época não sabia quem ela era, nem seu nome, sabia apenas que ela era do terceiro ano. O problema foi como descobri todas essas informações. Um colega de sala sempre falava de uma menina do terceiro ano, que era muito bonita, e mais um monte de coisa. E durante uma partida de vôlei a verdade veio à tona. Estava olhando ela, e torcendo que ela não olhasse para mim, pois ela estava jogando e não queria desconcentra-la. Mas o tal colega chegou onde eu estava, e falou que essa Marcella era demais, perguntei quem era ela, e ele disse que era a que ia sacar, foi nesse momento que percebi quem era a garota que me deu 10.

Acabaram os jogos interclasses, e nada fiz para ter aquele sorriso só para mim, a deixei partir assim dessa forma. Ainda cruzamos diversas vezes pelos corredores do nosso colégio, e ela continuava a sorrir para mim. Até que acabaram as férias do meio do ano, e a partir daí ela nunca mais olhou para mim da mesma maneira, tudo porque ou ela havia arrumado um namorado, ou ao menos estava ficando com ele, e parou de dar bola para mim.

Mas não acaba por aí, pois aconteceu um evento especial no meu colégio, que iria escolher uma espécie de rainha. Os quesitos para ser Rainha era beleza, simpatia e inteligência, os mesmos quesitos para ser uma Miss. Marcella estava concorrendo a esse evento, que tinham oito participantes. Dessas oito eu já tinha tido algo, não necessariamente "tido", com cinco participantes. Então esse evento significava algo.

E por que eu me arrependo amargamente de não ter feito nada por Marcella? Porque ela foi a vencedora desse concurso, e mais, o tal namorado foi uma espécie de príncipe dela nesse evento, mas deveria ter sido eu, se tivesse feito algo, se tivesse ido lá falar com ela.

Contudo não vamos encerrar essa história de forma triste, pois dois anos depois Marcella voltou ao meu colégio, para rever os professores e para participar de outro evento, afinal ela era Rainha, e seria por cinco anos. Ela ainda olhou para mim, e queria sorrir, mas segurou o sorriso. Eu também sorri, mas queria sorrir bem mais próximo do seu rosto. Só que não dava, tinha deixado a garota do sorriso mais lindo me deixar aqui sofrendo.

Amanda
A que nunca soube que era eu

"Não existe final feliz, porque no final as pessoas morrem." (Luciano Junior)
Música: Not While I'm Around/Jamie Cullum

O que vou contar a você agora ninguém nunca soube de verdade, alguns suspeitaram, mas ninguém nunca pode, nem nunca tentou provar, a menos que eu saiba. Amanda nunca teve certeza que era eu, pode ter tido suspeita, mas nunca certeza baseada em fatos e argumentos convincentes.

Como muitas das minhas paixões, Amanda também começa de forma não comum. Tudo começou quando percebi que havia perdido a oportunidade de ter Marcella. Nisso cometi a burrice de começar a olhar as fotos de Wanessa, e acabei encontrando uma garota linda, que era sua amiga, e que sim, era Amanda. E como todas as outras nunca tive contato pessoal com ela, mas mesmo assim precisava fazer algo, precisava dizer a ela, de alguma forma, que estava apaixonado por esse garota.

Dessa vez não foi uma carta, nem mesmo um vídeo, foi simplesmente uma conta no *Twitter*, dedicada a dizer o quanto achava ela interessante e coisa e tal. O nome de usuário da conta era *@LoveAmanda*, então já dá para você perceber mais ou menos do que se tratava. Criei a conta em um dia e comecei a informar o maior número de pessoas que pudesse, inclusive a própria, através dos *replies* do *Twitter*.

Não diferente da campanha com Wanessa, essa campanha também fez muito sucesso. Muitos não tinham ideia, mas eu já sabia o fim de tudo isso, prometi para mim mesmo que dessa vez não contaria a ela quem eu era de verdade, ela nunca descobriria. *@LoveAmanda* seria apenas uma lembrança na mente dela, algo do seu passado que ela iria carregar para sempre, e por isso peço a você que nunca diga a ela isso.

Vou contar como acontecerem as situações, para que você possa entender como foi o fim dessa história. Como você deve se recordar em Vitória, eu cobri um evento da minha escola, isso me possibilitava ir à tarde ao colégio, e como Amanda estudava à tarde, dava pra ver ela. Além disso, ainda jogava futsal pelo meu colégio, quer dizer, na verdade eu treinava, nunca fui um "jogador" de verdade, até tentava, mas a bola não ajudava muito. Num desses treinos fiquei a cerca de um metro dela, e esse é um dos episódios mais conhecidos dessa campanha, que ficou conhecido como "Ficar a poucos metros de Amanda, não tem preço".

Vamos pular agora para à noite principal do tal evento, o evento das cinco participantes, já que o que aconteceu antes desse período são apenas declarações, ela dizendo que achava lindo aquilo e suas amigas comentando. Até que nas semanas anteriores ao evento Amanda já não era a mesma, não respondia mais certas coisas que eu *twittava* e nem falava sobre a campanha. Na noite do evento descobri o porquê, ela estava ficando com um cara, que no futuro tornou-se seu namorado. O triste foi nessa noite ver ela agarrada nele, sem saber o que exatamente era aquilo, sem saber o porquê.

Depois desse tal acontecimento comecei a pensar em desistir da campanha e a esquecê-la para sempre, e uma coisa contribuiu para isso. Ela me mandou uma *DM* pedindo para que deletasse tudo, para que desistisse da ideia, então foi só reunir o que estava sentindo, e o que acabará de me ser dito. Depois foi só colocar um ponto final nessa história, e clicar no botão "Excluir essa história permanentemente".

Isabela
A que nunca achei uma maneira de fazer algo

"Lamentar uma dor passada, no presente, é criar outra dor e sofrer novamente." (William Shakespeare)

Música: I Don't Know What To Do/Tiko's Groove, Gosha

Enquanto uma acabou no tal evento, outra começou lá. É o caso de Isabela. Ela era uma das participantes desse famoso evento, mas até então era desconhecida, só vim saber que ela existia quando meus colegas começaram a falar das concorrentes. Quando comecei a cobrir o evento tive que descobrir exatamente quem participava, e para isso utilizei o *Orkut*. Dessa forma dei uma olhada nas fotos de Isabela, ela era bonita, mas no momento não me chamou atenção, no momento.

Em um dia houve um ensaio para a tal noite, e lá estavam todas as participantes. Foi aí que tudo mudou, quando olhei para Isabela algo me despertou, pois quando a vi pessoalmente descobri que ela era um mulherão, e nossa foi demais. Mas por enquanto foi só isso, fiquei encantado por ela, por aquela branquinha de cabelo preto e rosto arredondado, que estava de salto preto alto.

Esse encantamento me gerou um problema um pouco depois, pois tinha uma votação de todo mundo na escola para escolher quem seria a rainha. E nessa votação fiquei muito em dúvida sobre o que faria, seguiria meu voto principal, escolheria outra que queria para o futuro, ou me entregaria para uma nova paixão. Enfim, não vou dizer meu voto para que possa mentir no futuro se for necessário, nunca se sabe, vai que uma delas se apaixona por mim e pergunta em quem votei.

No final desse ano a gente se olhava, eu olhava para ela, ela para mim, e a gente ficava nisso, ninguém fazia nada. A verdade era que ela tinha mais certeza de que eu queria, pois eu olhava mais para ela do que ela para mim. Nessa brincadeira o ano acabou, mas calma, ainda tinha mais um ano, mas talvez fosse minha última chance, porque era o último ano dela no meu colégio. Depois disso ela provavelmente iria para a faculdade.

Passamos mais seis meses nessa brincadeira de um olha para o outro e ninguém faz nada. Até que nas férias tive uma ideia genial para resolver o problema, e tentei colocar a ideia em prática, mas nunca foi realizada, e assim ela foi embora do colégio, e ao que tudo indicava iria para outro país. Nisso esqueci de dizer que no final do ano deu vontade de ir falar com ela, mas meu senso de realidade não deixou, achei que se fizesse algo ela não iria mais para o exterior, e perderia essa oportunidade. E droga de novo, essa fase de ir morar no exterior nunca aconteceu, e ela ainda mora aqui na minha cidade.

Falar nisso no ano seguinte, no meu último ano de colégio, descobri que a família dela está construindo uma casa bem pertinho da minha, que não é exatamente minha, é dos meus pais, mas isso não vem ao caso agora. E por estar construindo essa casa perto da minha é que continuei a vê-la, e quando ela vinha descendo a rua com a mãe no carro, e eu olhei para dentro do carro, nossos olhares se cruzaram, mais uma vez. E aquela vez que nossos olhares se cruzaram no comércio da cidade, quando ela estava voltando da faculdade, aquilo também foi demais.

Mas é isso, nossos olhares se cruzam e nada mais acontece. Mas continuo a olhar as fotos dela no *Facebook*, a daquela formatura, as da viagem para Gramado - RS, ou as da faculdade. Ah, e quando é a mudança para a nova casa? Para que eu possa passar em frente e quem sabe fazermos mais do que um olhar nos olhos do outro.

Gabriella
A atriz que nunca me conheceu

"As barreiras que mais nos limitam são aquelas que nós mesmos criamos. A distância não é nada perto do que a gente tem dentro do peito. Seja amizade, amor ou só carinho." (Bruna Vieira)

Música: Way Back Into Love/Hugh Grant e Haley Bennett

Dentre as minhas paixões tem que existir uma louca, quer dizer, mais louca ainda do que as outras. É o caso dessa garota em questão, que não é apenas uma garota, é uma garota que é atriz da TV. E não é só isso, ela mora a quilômetros de distância de mim. Loucura? Talvez. Ou talvez seja realmente uma paixão.

Pra você saber acompanho a carreira dessa atriz desde o começo dela na dramaturgia. Nas primeiras aparições dela achava ela apenas bonita e só, até que em uma novela tudo mudou, aquela sensação veio. Nessa novela comecei a olhar para ela de forma diferente, e até então sabia apenas o nome da sua personagem. Com esse nome fui à internet e procurei para descobrir quem era a atriz que estava por trás. Fui ao site da tal novela e procurei pelos nomes das personagens.

Encontrei, e com esse nome em mãos comecei a desvendar toda a vida artística dela. Descobri que ela começou na publicidade, a cidade onde nasceu, e como foi parar nas telenovelas e seriados. Vale ressaltar que ela é brasileira e está na minha faixa etária, então não é nada errado me apaixonar por ela. Na verdade é, mas quem se importa.

O problema é apenas o fato dela morar tão distante de mim, e por enquanto isso ainda é um problema, mas só por enquanto. Pois tenho planos para conseguir chegar perto dela e quem sabe até conquistar seu coração. É só ela deixar eu entrar.

Por falar em coração ela já conquistou o meu. Toda vez que ela passava na TV eu assistia e ficava babando por ela feito um bobão. Até senti ciúmes quando por duas vezes ela teve um namorado na telinha, e mais ciúme ainda quando ela beijou esses namorados. Sei que tenho que aceitar isso, afinal ela é atriz, e muitas vezes terá que fazer. Mas é claro que sei que no futuro ela vai reservar os beijos mais doces e melhores para mim.

Há quem diga que é loucura se apaixonar por alguém famoso, porém é tudo uma questão do quanto você deseja essa pessoa, e o quão capaz de fazer algo você é. Pois o que te limita na verdade é você mesmo. Por aquela linda garota eu faria diversas coisas impensáveis. Meu maior sonho é ouvir naquela voz dela o meu nome, é isso o que penso toda vez que ela dá uma nova entrevista.

E você não precisa ficar tentando adivinhar quem ela é, pois prometo que assim que estiver com ela irei dizer a todo mundo. Dizer que sim, consegui ter a garota que gostaria, e não só isso, ela também é famosa, e vou mostrar a todos que nada pode impedir algo que você realmente queira, só mesmo você. Os seus sonhos são todos alcançáveis, desde que você realmente queira realiza-los.

Se em algum momento Gabriella ler isso, seja agora nós estando juntos ou não, quero que saiba que gosto muito de você, e mesmo que a paixão passe lembre-se, você será para sempre a minha primeira atriz favorita.

Bruna
A única que me perdeu por sua própria culpa

"Quem faz pode cometer falhas, mas a maior de todas as falhas é não fazer nada." (Benjamin Franklin)
Música: Possibility/Tiffany Alvord

Tudo começa em mais um dia de aula, Bruna estudava no mesmo corredor que eu, e foi assim que a conheci. Por estudarmos no mesmo corredor acabei vendo ela quase todos os dias, e como a maioria das garotas dessa história, não sabia seu nome no começo. Sabia apenas que ela era amiga de uma colega de classe, mas não tive coragem de ir perguntar a essa colega o nome da garota, era tímido para isso, e seria meio estranho chegar nela e perguntar qual era o nome de sua amiga.

Contudo a vida é uma caixinha de surpresas, e um belo dia descobri seu nome, não da forma comum, mas descobri, e é isso o que importa. A descoberta aconteceu quando um dia ela precisou falar com a professora que estava na minha sala. Assim que ela falou, a professora retrucou e disse:

— Diga Bruninha!

Automaticamente deduzi que seu nome seria Bruna. E a partir daí começou minha tentativa de tentar obtê-la. Para isso utilizei uma técnica que tinha acabado de descobrir. A primeira garota com quem usei a técnica foi Bruna, porém essa técnica foi aperfeiçoada e desenvolvida com "a garota dos olhares". Para quem ficou curioso a técnica consiste em olhar fixamente nos olhos da garota, o suficiente para não a deixar desconfortável, e vocês vão entender essa diferença quando conhecerem "a garota que mais gostei até agora".

Enfim, usei a técnica, toda vez que passava por ela dava uma olhada em seus olhos. O problema é que ela percebia que eu estava olhando, mas não olhava de volta. Adaptando seria dizer que eu queria, ela queria, eu demonstrava, enquanto ela escondia o que sentia.

Assim foi essa brincadeira, chamo brincadeira não de um modo ruim, mas sim porque foi um jogo mal sucedido, um jogo que ao que parece só eu queria jogar. Num desses dias comentei com um colega que achava Bruna bonita, ele falou que ela era um pouco estranha. Ela era magrinha, parda, cabelos negros, e tinha um ar meio estranho, mas era dessa "estranha" que eu gostava. Gostava no passado, porque ela me fez não acreditar nela, me fez acreditar que por mais que ela gostasse de algo, era preferível deixar esse algo escapar das mãos.

Passaram-se alguns meses e eu agora era do terceiro ano do ensino médio. Nos primeiros dias de aula ainda olhei para ela com aquele desejo, mesmo tendo perdido todo esse desejo anteriormente. Mas de uma vez por todas decidi não mais olhar para ela, e assim foi feito. Sabe o que aconteceu? Ela começou a estranhar esse fato, estava tão acostumada a me ver olhando que quando parei foi um choque.

Entretanto o mais interessante não é isso, e sim o que ela fez depois, sabe o que aconteceu? Ela começou a olhar para mim, agora sem medo de esconder. Porém continuei sem olhar para ela, não que eu fosse mal, mas era apenas o certo a ser feito. Nisso passamos alguns meses ela olhando para mim, até que tomei uma decisão, achei que ela tivesse aprendido a lição. Então voltei a olhar para ela, na esperança dos nossos olhares cruzarem, só que mais uma vez ela me decepcionou.

Na primeira vez que olhei para ela, depois da volta das férias, nossos olhares se cruzaram por um rápido segundo, pois ela rapidamente desviou o olhar. Nos dias seguintes ela não mais olhou. Novamente parei de olhar para ela, e ela novamente passou a olhar para mim.

Alguns podem perguntar por que não tentei fazer algo para ficar com ela, a resposta é simples, não irei tentar uma garota que não mostre aquilo o que quer, que não mostre seus sentimentos para aquele que possa vir a ser o seu namorado. A menos que ela seja "a garota que mais gostei até agora".

Mas ela gostava de mim, realmente. Descobri isso no dia em que jogamos vôlei no intervalo, e ela ria das minhas piadas sem graça muito mais do que os outros. Mas gostar nunca é o suficiente, e eu sabia muito sobre isso, e por gostar e ponto ela me perdeu.

Como falei era terceiranista, e esse seria meu último ano no colégio, ela sabia disso, porque nas últimas semanas de aula ela resolveu fazer algo, perceba que disse ela. Nesse período final ela apareceu mais aberta e disposta. Por diversas vezes ela ficou parada, sozinha, e olhando para mim, numa clara demonstração de que queria que eu fosse falar com ela. Pela primeira vez nossos olhares se cruzaram por vários segundos. O problema foi que nessas últimas semanas meu coração já pertencia "a garota que mais gostei até agora".

Bruna, entenda que a culpa de não termos ficado juntos foi sua, talvez se você tivesse olhado de volta, eu não tivesse feito nada, mas ao menos assim a culpa seria minha. Não digo isso para te deixar triste, e sim para você se fortalecer, para que a partir de agora você possa correr atrás dos seus desejos. Não sei por que você escreveu aquela clara indireta para mim, que dizia que você gostava de mim, mas iria me deixar partir. Não queria isso, queria que você fosse direta e não me deixasse partir, só queria realmente que você fizesse algo por você.

Maíra
A garota dos olhares

"Não há nada que ensine mais do que se reorganizar depois do fracasso e seguir em frente." (Charles Bukowski)
Música: There She Goes/Sixpence None The Richer

Maíra não foi aquele tipo de garota que escolhi me apaixonar, simplesmente aconteceu, do modo mais inesperado possível. Daquele jeito que todo mundo quer se apaixonar, ou seja, tudo à primeira vista.

Eu fazia aulas de inglês em um cursinho, ela também fazia aula nesse mesmo cursinho. O problema era que fazíamos em horários diferentes, ela fazia em um horário mais cedo que o meu. O que tecnicamente nos impediria de nos vermos.

Em uma dessas aulas do meu curso a professora passou um assunto, e muita gente não compreendeu esse assunto, porque era necessário ter conhecimentos sobre outro assunto que já havia sido passado. Sendo assim ela marcou uma aula de reforço, para o mesmo dia de aula no curso, só que mais cedo, e depois do reforço haveria a aula normal.

No dia cheguei mais cedo um pouco, e assim que cheguei ela estava lá. Sempre tive o costume de olhar para todos os lados para reconhecer o ambiente, e nesse dia não foi diferente. Sem querer olhei nos olhos de Maíra, e continuei olhando, ela também olhou nos meus, e continuou olhando. Assim começou tudo, olhamos um para outro sem querer, e nos apaixonamos, sem querer. Ainda entrei no pátio do cursinho, e continuamos a nos olhar, até que começou minha aula de reforço, e passei a vê-la em meus pensamentos.

No outro dia no colégio nos vimos, esqueci de dizer que ela estudava no mesmo corredor que eu. E fomo-nos vendo, dia após dia, um olhando fixamente nos olhos do outro. Era interessante como tudo acontecia, quando estávamos no campo de visão do outro. Ambos olhavam sem parar, era um olhar fixo, apaixonante. Foi com ela inclusive que desenvolvi a técnica do olhar fixo, e era demais olhar fixamente nos olhos verdes daquela bela branquinha.

A hora que resolvi fazer algo foi quando iria haver uma festa organizada pelo meu curso de inglês. A festa era do Halloween, mas pouca gente realmente usava fantasia. A festividade era no final de Outubro, obviamente, e deduzi que ela estaria lá, seria a hora perfeita para tentar ter alguma coisa com ela. Porém uma semana antes dessa festa ela arrumou um namorado. Confesso que não acreditei quando disseram que ela estava namorando, principalmente ao saber quem era o dito cujo.

Entretanto era tudo verdade, descobri quando fui entregar um trabalho para um professor, que tinha passado o trabalho na aula anterior, mas não tinha dado tempo terminar. Ao sair da minha sala me deparei com eles. Ela estava fora da sala, conversando com ele, eu olhei para ela, ela abraçou o namorado, e ficou olhando para mim, que estava fazendo uma cara de decepcionado, e ela uma de arrependimento. Antes de sair do corredor ainda deu tempo de vê-los dando um beijo.

Mesmo com tudo isso fui para a festa, que se tornou a pior festa da minha vida, onde conheci "a garota da festa". O mais triste não foi isso, foi ver o namorado dela, sozinho, desacompanhado. Ele foi para a festa, sem ela, não sei o motivo, mas isso também não importa. No resto do ano parei de olhar para ela, e passei a me dedicar as outras, não antes de ser tentado mais uma vez.

No meu colégio tinha uma feira de ciências, em que você pega um tema e apresenta um assunto. Era apenas um dia de apresentação, e nesse dia ela ousou passar no meu stand, no horário em que eu estava apresentando. Foi difícil para mim apresentar para ela, a sorte foi que já havia apresentado muitas vezes antes, e a fala já estava na ponta da língua, nem pensei no que estava falando. Tentei resistir, mas não consegui, fui desconcentrado por aquele belo par de olhos verdes que olhavam diretamente para mim.

No final do ano ela mudou de cidade, e apenas um ano depois voltou para fazer uma visita a seus amigos, mas dessa vez ninguém olhou nos olhos de ninguém. Nenhum de nós tentou destruir aquilo que aconteceu, mas ninguém também tentou construir algo novo.

Anita
A garota da festa

"A vida quase nunca te dá uma segunda chance, mas se ela der aproveite." (Luciano Junior)
Música: I Gotta Feeling/Black Eyed Peas

Festas, onde conhecer novas pessoas é sempre uma nova oportunidade, onde se arrepender para sempre é fácil. É com essas palavras que inicio a história de Anita. Uma garota que poderia ter conhecido numa festa, e que poderia conhecer dali em diante, mas acabei transformando essa festa na pior da minha vida.

As coisas começaram uma semana antes, era para nessa festa ter tentado Maíra, mas como você já deve saber não deu. A festa era na sexta, e com atraso acabei pegando meu ingresso na quinta, isso mesmo, pegando, porque minha sala do inglês havia ganhado uma competição, e um dos prêmios era esse ingresso grátis. Era a festa de Halloween, organizada pelo meu curso de inglês, e que quase ninguém usava fantasia.

Já começa estranho da seguinte parte, não fui com nenhum grupo para essa festa, fui sozinho, e digo a vocês, nunca vá sozinho em uma festa, a menos que você tenha habilidades muito desenvolvidas. A menos que você seja um garanhão ou muito bem relacionado.

Ao chegar na festa fiquei esperando, porque a música ainda não tinha começado. Uma colega do meu colégio chegou, e ficamos parados um do lado do outro, sem dar muitas palavras, até que o namorado dela chegou e ela foi embora. Mas antes disso ainda, estava avaliando o ambiente, e um grupinho de amigas passou por mim, tinha uma loira muito gata, e disse pra mim mesmo que esse seria meu alvo durante aquela noite. Vale salientar que a festa era uma oportunidade de colocar meus conhecimentos sobre sedução em prática, já que vinha lendo muito na internet sobre o assunto, e por isso não achei problema algum em ir sozinho.

A música começou, e vagarosamente as pessoas começaram a dançar. Tentei entrar num grupo, fiquei-me balançando um pouco do lado de umas meninas, mas elas olharam estranho para mim, e aí desisti. Fiquei um tempo parado no salão, olhando todas aquelas pessoas se divertindo com seus amigos, e eu ali parado, até que resolvi sair de lá. Fui para uma parte do local da festa onde havia cadeiras e estava tocando música eletrônica, enquanto no salão principal tocava pagode.

Fiquei um longo tempo em pé me achando um idiota, dizendo para mim mesmo que não deveria ter vindo, que deveria ter ficado em casa dormindo. Alguns colegas passaram, falaram comigo, mas não dava para ficar no grupo deles, pois eles tinham outro grupo, e eu estava só.

Nesse tempo permaneci admirando os grupos que passaram por aquele salão, os caras que dançavam hip hop, as meninas que conversavam, e as que enlouqueciam por causa da música. Vi pessoas conhecidas, e outras que nunca vi na vida. Vi também aquela menina da minha escola que era modelo, vestida de vampiro. E todas as outras pessoas, aquele casal que se beijou durante a festa inteira, que não parava nem para respirar, e a menina que chorou porque levou um fora de um menino.

Entretanto nada disso importava, essa era a pior festa da minha vida. Fiquei um monte de tempo em pé feito um bobão, até que vagou uma cadeira, e ao menos comecei a me achar um bobão sentado. Permaneci até o final da festa para mostrar o quão babaca eu era. Tudo isso poderia ser diferente, essa também poderia ter sido a melhor festa da minha vida.

Lembram-se daquela loira gata que escolhi como alvo? Pois bem, ela apareceu nessa parte da festa. Sentou-se com a amiga e ficou olhando para mim, disfarçadamente, mas o suficiente para que pudesse perceber. Um cara chegou do lado da amiga dela e eles ficaram conversando, ela nem deu bola para ele, ficou olhando para mim. Era a hora perfeita para mudar o destino dessa festa, olhei para ela e percebi que não havia cadeira ao lado, mas tinha um espaço vago, dava para chegar nela, me agachar e falar algo. Mas não fui e nem falei, ela levantou e foi embora para a pista. Aqui aprendi a fazer leitura labial, ela passou por mim e disse para a amiga:

— Vamos descer, não quero mais saber dele não.

Nesse instante o arrependimento começou a se estabelecer em mim, perguntas como "por que não fui?", "por que não fiz algo?", pairaram pela minha mente. O arrependimento que já vinha tentando retirar da minha vida, mais uma vez tinha acontecido. Foi então que desejei uma segunda chance, mesmo sabendo que ela não viria. Pensei em descer para a pista, e ir atrás dela, mas e se ela não quisesse, e se ela me desse um fora, seria bobão mais uma vez.

Foi aí que as coisas surpreenderam, ela subiu mais uma vez, a amiga dela sentou, e ela ficou de pé. Vale dizer que as duas não conversaram, o que para mim representava que ela havia me dado uma segunda chance, dessa vez mais fácil ainda. Na primeira vez ela estava um pouco longe de mim, mas não tão longe para não ir com facilidade. Nessa segunda vez ela estava tão perto, que se eu esticasse a perna e colocasse para o lado direito, seria possível tocar na perna dela.

Bastava-me levantar, ficar do lado dela e dizer algo. Esse algo poderia ser difícil, mas dessa vez não era, já que ela estava sem o calçado, o que mostrava que ela estava se divertindo ou cansada. Era só chegar do lado dela e dizer isso, depois perguntar seu nome e falar qualquer besteira. Mas não o fiz, e depois disso ela chamou a amiga, e desceram mais uma vez, para nunca mais voltar.

A festa acabou, a luz religou, e fui embora, com muita pressa, queria colocar a cabeça logo no travesseiro, e esquecer o que passou. Infelizmente isso não aconteceu, fui o caminho inteiro pensando no que não fiz, dormi, e esqueci por algumas horas. No outro dia estava com a cabeça doendo, não havia ingerido álcool, era só a dor do arrependimento mais uma vez me fazendo sofrer. Era o pior arrependimento, o arrependimento daquilo que você não fez.

Foram duas semanas até conseguir me livrar um pouco dessa dor, que me machucava muito. Pensei até que precisaria ir atrás dela para que a dor passasse, mas não dava, não sabia nada sobre ela, nem seu nome, onde estudava, onde morava, e nem seu celular. Aliás, até hoje não sei quem ela é, chamo a de Anita para ter um nome para chamar. Escolhi Anita por a chance de acabar acertando o nome dela ser bem difícil.

Na festa estava tudo muito escuro, e por isso não me recordaria muito bem do rosto dela, foi o que pensei. Mas lá no fundo minha mente sabia quem ela era, descobri isso cerca de oito meses depois da festa, quando passei por ela na rua, olhei para ela e achei que fosse Anita, cheguei mais perto e tinha mais certeza, aquela menina era Anita.

Meses depois passei por ela mais uma vez, na verdade ela que passou por mim, pois eu estava parado, e ali tive certeza, que sempre que visse ela, por mais que não soubesse quem era ela, eu saberia, era nada mais nada menos que Anita.

Ainda a encontrei mais uma vez, dessa vez foi mais do que uma passada. Havia um desfile na minha escola, para celebrar os ex-alunos. Ainda estava no último ano, mas os terceiros anos foram convidados a participar. Seria um desfile pelo centro da cidade, e quando estávamos saindo do colégio lá estava ela. Ela tinha vindo para olhar o desfile, e eu a admirei, agora por um período maior de tempo.

O desfile acabou, eu e meus colegas fomos lanchar, depois saímos da lanchonete e ficamos do lado de fora de outra lanchonete, que ficava em frente ao meu colégio. A lanchonete é rodeada por vidro, o que nos permite ver dentro. E mais uma vez estava ela, dessa vez numa mesa bem perto desses vidros, que ficava bem perto de onde eu estava. Dava para ter olhado pelo vidro e ficado admirando ela, e talvez ela olhasse de volta, e talvez me reconhecesse, ou quem sabe se interessasse por mim mais uma vez.

Todavia nada disso aconteceu, ela foi embora da lanchonete e nada fiz. A vi mais uma vez, saindo da academia, e sei pelo caminho que ela vinha qual era a academia. Com isso percebi que sempre irei a ver de tempos em tempos, só para o destino me lembrar da verdadeira dor do arrependimento por aquilo que nunca fiz.

Anne
A colega que me amou, mas mudou

"Sabe o tempo? Então, ele não cura tudo. Na verdade ele não cura nada. O que cura coração partido é se apaixonar. De novo." (Isabela Freitas)
Música: Needing Getting/Ok Go

Ela é das poucas que além de minha paixão, foi também uma colega. Uma colega que tornou minha vida difícil, que me fez perceber que não há um jeito certo de conseguir alguém, há apenas um jeito, as coisas simplesmente acontecem à medida que você faz alguma coisa para que elas aconteçam.

Eu e Anne estudamos juntos no mesmo colégio, no meu primeiro ano no meu novo colégio, quando estudava pelo período da tarde. Nessa época éramos apenas colegas, não conversávamos muito, e eu nem ligava muito para ela. A minha maior lembrança dela dessa época foi quando ela desprezou um amigo meu, que gostava dela.

Depois que fui estudar pela manhã quase nunca a via, salvo algumas exceções quando tinham alguns eventos especiais no meu colégio. Foi num desses eventos que nossa história começou a caminhar. Um amigo meu, que era amigo dela, e que tinha estudado conosco anos atrás, me confessou que ela gostava de mim, pois ela sempre perguntava a ele como eu estava. Nesse mesmo dia cheguei a vê-la, e ela estava bonita, como nunca tinha percebido antes.

No outro ano ela mudou para a manhã, e passamos a estudar juntos novamente. E mesmo sabendo que ela gostava de mim não fiz nada. Só que dessa vez foi porque não quis mesmo, isso ainda não era meu desejo, não era uma coisa que quisesse. Não sentia o desejo de tê-la em meus braços.

Estudamos mais dois anos sem nunca ter feito nada. Ela também não o fez, às vezes dava em cima de mim, mas muito discretamente. Como no dia da festa de 15 anos de uma colega nossa. Nesse dia ela estava de salto alto, e sem querer quase caiu. Eu e meus colegas estávamos pertos, e vimos a cena, depois rimos e ficamos "tirando onda" com a situação. Ela se dirigiu até nós, discretamente agarrou meu braço, e ficou segurando por alguns minutos. Acredito que ninguém percebeu, somente nós sabíamos.

Ela tinha namorado, e nesse mesmo ano ainda fez outra coisa. Eu fazia teatro, nunca deu certo, mas o que importa é que fiz, e os ensaios eram sempre a tarde e a noite. Numa dessas tardes ela estava por lá, e estava cantando uma música com outro colega, e ficou diversas vezes tentando me fazer cantar também, mas eu era muito tímido, e não funcionou. No final desse ano ela terminou com o namorado, e no outro ano comecei a querê-la, afinal ao menos agora ela estava livre para ser minha.

O primeiro semestre desse ano foi fácil, me interessei por ela, olhava para ela, mas estava fácil de conviver. Num dia desse mesmo ano ela disse para um amigo quem era o cara que ela gostava. Ela falou que era um cara que tinha mania de fazer certa posição quando estava assistindo a aula. Na hora da aula fiquei observando para ver quem era que fazia essa posição, mas não achei ninguém, e então me distrai. Quando menos esperei estava fazendo a posição que ela havia descrito, olhei para os lados e descobri que havia mais três colegas fazendo a mesma posição, o que não solucionou nada.

No segundo semestre comecei a me interessar loucamente por ela. Na Festa de Halloween, a mesma que conheci Anita, ela estava presente. Ao passar por mim ela me cumprimentou e me deu um abraço. Porém a parte mais importante é no final da festa, quando estava saindo. Passei por ela, olhei para ela, e ela olhou para mim com uma cara triste, como se faltasse eu na vida dela.

Depois de me recuperar da dor do arrependimento, decidi tentar Anne. Pensei em todas as maneiras, me aproximando dela, pedindo ajuda de um amigo, e decidi que iria partir para cima com tudo, o "suicídio". Isso consistia em chegar nela e dizer tudo o que sentia. Primeiramente o plano era fazer isso pelo *Facebook*, mas por azar do destino ela nunca ficou online quando eu estava, só ficou online quando mudei de plano, e disse que não voltaria para o plano anterior.

O novo plano era o seguinte, quando ela estivesse indo para casa eu iria atrás dela, esperaria ficarmos um pouco longe dos nossos colegas, e aí me aproximaria dela e diria tudo o que estava sentido. O plano seria feito nas duas últimas semanas de aula, a época em que estava louco e só pensava nela, época em que o toque do meu celular era a música que lembrava ela. Mas não consegui, chegava no meio do caminho e não conseguia seguir ela, meu coração dizia para ir, mas minha parte racional não queria e me bloqueava.

O último dia de aula chegou, era a última oportunidade de tentar, e mais uma vez deixei escapar. Ainda pensei em passar na casa dela depois que as aulas acabaram, e falar tudo, mas para minha parte racional isso não era certo. Aliás, nada relacionado ao amor parecia muito certo.

Perdi, e poderia ter sido pior. Durante as férias decidi mais uma vez que ano que vem tentaria, só que durante as férias ela colocou uma mensagem no *Facebook* dizendo que ano que vem iria mudar de cidade. Foi triste, e meu coração só acalmou quando a vi na segunda semana de aula no meu colégio.

No meu último ano de colégio a tática mudou, basicamente era dizer a mesma coisa, só que o momento era muito diferente. Ao invés da hora da saída era a hora da chegada. Quando ela chegava passava por uma escada, e depois entrava no corredor para se dirigir a sala. A maioria dos terceiranistas ficava na escada, esperando o professor chegar, e quando ela estivesse no corredor eu iria segui-la e diria tudo.

Teve um dia que até segui, mas não tive coragem de falar com ela. Principalmente porque ela parecia indiferente a mim, tinha dias que ela passava por mim na escada e dizia bom dia, em outros me abraçava, e noutros parecia que nem me conhecia. Era como se todo dia fosse uma pessoa diferente.

Ela era gostosa, e todo mundo dizia isso dela, leia-se Homens. Isso me animava ainda mais, além dela ser gostosa, eu ainda gostava dela, era perfeito. Só que as coisas eram complicadas, desisti do plano e tentei fazer de outra forma, que era me aproximar dela. Só que não dava, não era desconhecido o suficiente para pedir para conhecê-la, e nem amigo o suficiente para conversar horas com ela. Isso era difícil para mim.

Além disso, ela estava mudando, estava passando a ser uma garota mais correta, mais certinha, e na época era incrível, a garota certinha no corpo da erradinha. Com o passar do tempo essa combinação foi ficando ruim, pois ela passou a ficar tão certinha que ficou entediante. Às vezes sinto que a outra versão dela era melhor. Na versão em que as pessoas diziam que ela era "pinguça", era mais divertida, mais liberal, mais interessante.

A partir disso comecei a "desanimar" por ela, e a gota d'água foi quando ela disse na minha frente que gostava de outro. Foi um choque, mas percebi o quanto ela era idiota, idiota mesmo, foi o que sempre quis dizer para ela depois disso, o que nunca tive coragem de dizer, o quão idiota e babaca era ela por gostar de um cara que nem estava aí para ela. Nem culpo o cara, pois como colega dele sei porque ele não queria ela, e ele nunca escondeu os motivos, só ela que foi babaca o suficiente para nunca aceitar isso. E já que é pra dizer tudo também quero dizer que era muito chato aqueles joguinhos que ela fazia com esse cara para tentar ter a atenção dele, idiota.

No segundo semestre já não era mais apaixonado por ela, mas pensava nela, pensava no quão babaca ela continuava a se tornar. Foi então que percebi como o mundo é maluco. Quando desisti, quando não queria mais a ter, foi exatamente quando passei a falar com ela normalmente, como um amigo, falando sobre diversas coisas, e às vezes não suportando o joguinho que ela fazia com o outro cara.

No resto do ano foi fácil conviver com ela, pois meu coração já pertencia a outra. Não que eu não a desejasse, ela ainda continuava gostosa, ou seja, ainda era interessante, fisicamente falando. Mas não, não a queria ter, para mim agora ter ela só se fosse para diversão.

Larissa
A que preferia me amar e não me ter

"Você pode tentar escolher o futuro, driblar o acaso e filtrar as pessoas que atravessam sua vida, mas não adianta, não tem jeito, pois no fim das contas a última palavra é sempre dita pela paixão." (Ricardo Coiro)
Música: Depois do Prazer/Alcione

É estranho dizer que Larissa foi uma garota que não me tinha, mas me amava. Porque isso não aconteceu de um jeito que a gente possa entender, é complicado, é difícil aceitar, mas essa era só sua maneira de amar, sua estranha maneira de amar.

Larissa era amiga de Anne, mas não era tão minha amiga assim. É só voltarmos diversos anos atrás, quando eu era ainda muito tímido. Larissa era amiga de outra menina, essa outra menina era muito legal comigo, mesmo eu sendo muito tímido. Mas na época Larissa parecia muito chata, pois quando estava tentando conversar com essa amiga ela sempre chegava e atrapalhava, levando a amiga embora. Na época achei que ela me achasse um idiota, mas agora sei que aquilo era apenas sua estranha maneira de amar.

Pois bem, como disse ela era amiga de Anne, o que nos tornava próximos, mas nem tanto. Nessas descobertas de Anne comecei a pensar que talvez a explicação para Anne me olhar diferente seria outra, talvez sua amiga era que gostava de mim, e ela olhava apenas para dizer a amiga o que eu estava fazendo. Assim conclui: Larissa gostava de mim.

A partir daí comecei a tentar desvendar esse mistério e descobrir se era verdade o que ela sentia por mim. Comecei a olhar para ela, e comecei a receber uma recíproca, ela também estava a olhar para mim. Continuei observando mais e mais, e tendo certeza que era eu que ela queria. Tive quase certeza depois de uma indireta no *Facebook*, e pensei em chegar em Anne e dizer a real, perguntar se quem gostava de mim era ela ou Larissa, e talvez descobrisse que eram as duas.

Contudo isso não faria sentido, Larissa arrumou um namorado. Primeiro ouvi apenas boatos, depois vi os dois abraçados e dando um beijo. Talvez isso provasse que eu havia me enganado, ela não gostava de mim, tinha tudo sido apenas obra da minha imaginação. Só que não, essa era sua estranha maneira de amar.

Na primeira vez que a vi com o namorado ela olhou para mim diferente, e não, não podia ser, o mesmo que havia acontecido entre mim e Maíra tinha acontecido mais uma vez. Uma garota que gostava de mim arrumou um namorado, e ele não era eu.

Era estranho, se ela queria me ter porque ficava com outro cara, qual a explicação para isso, será que aquele tal de Freud consegue explicar? Acredito que não, ele não conseguiu nem explicar as mulheres, quanto mais o amor, e principalmente Larissa com essa sua forma maluca de amar.

O pior de tudo era que esse namorado dela era gente boa, mesmo que ele tenha roubado duas outras garotas dessa história de mim. Ele era um cara legal, e a merecia, mas eu merecia mais. Preferia que esse fosse o final da nossa história, que tudo tivesse terminado quando ela arrumou um namorado. Mas não, ela queria continuar e me machucar mais, fazendo meu coração sofrer mais um pouco.

Ela continuou me olhando, mesmo com o namorado, o qual ela beijava apaixonadamente quando eu estava por perto, como se quisesse fazer ciúme. Ciúme de que, se eu nunca tive a chance de tê-la de verdade, nem de ao menos entender o que estava acontecendo. Qual o motivo dela fazer isso?

Próximo ao final do ano tinha uma viagem, a viagem de conclusão do colegial, a última oportunidade de viajar junto com todos aqueles meus colegas que convivi por anos. A viagem era para Salvador, na Bahia, e ela também estava a bordo.

Tudo o que aconteceu na viagem não importa muito, apenas dois fatos relacionados a ela. Primeiramente estava um dia à noite na piscina do hotel. Estava olhando para cima, e de repente uma janela foi aberta, olhei, e vi uma loira muito gata. Fiquei olhando, achando que era uma turista desconhecida. Ela ficou olhando para mim e sorriu, e de tanto olhar percebi que não era nenhuma desconhecida, era Larissa.

Na volta dessa viagem ela precisava mostrar que não me esqueceu. O ônibus parou, para que a gente pudesse sair, tomar um ar e jantar. Muita gente saiu e fiquei no ônibus, sentado na poltrona do lado direito do corredor. Ela passou por mim, e não simplesmente passou, meu braço estava sob o braço da cadeira, ela ligeiramente apoiou sua mão para passar, mas não apenas apoiou, ela deslizou sua mão sob meu braço. Minha vontade era de puxar ela e mostrar que ela não precisava fazer isso, mas vinha uma pessoa importante atrás, então não dava para fazer.

Nossa história acabou, mas não porque houve um ponto final, ou porque o sentimento acabou, mas sim porque o ano acabou e, portanto, não estudamos mais juntos, mas sempre existe o *Facebook* para admirar ela. *Facebook* que até ontem dizia que ela estava em um relacionamento sério, mas que ainda não tem a opção amando, porque essa com certeza seria ocupada por mim.

Lola
A loirinha desconhecida

"De repente a gente se encontra numa esquina, numa praia, num outro planeta, no meio duma festa ou duma fossa, no meio dum encontro a gente se encontra, tenho certeza." (Caio F. Abreu)
Música: Clocks/Coldplay

Essa também é uma daquelas garotas que não sei o nome, mas que também se tornou importante. Muitas garotas desconhecidas passaram pela minha vida, algumas ainda são lembradas, mas nem todas conseguiram mudar o rumo da minha vida. Não tanto quanto essa loirinha de olhos azuis, que me mostrou que era possível ter "a garota que mais gostei até agora".

Era mais um dia de aula, como sempre, fui ao ponto de ônibus e esperei o ônibus chegar, entrei e fui embora para o colégio. Estava em pé em frente a uma das portas do ônibus, a porta do meio que é por onde entram os deficientes com cadeiras de rodas. Estava bem próximo do meu colégio, uma parada antes da minha descida. O ônibus começou a diminuir a velocidade, já que alguém iria descer, e subitamente vi uma loira do lado de fora, olhei para ela e o ônibus passou um pouco do local. O ônibus ficou um tempo parado, então essa mesma garota se aproximou mais, quando ela passou olhei para ela novamente. Dessa vez ela percebeu que tinha alguém olhando, e olhou de volta, conferiu quem eu era e olhou para frente, voltou a olhar para mim, olhou bem no fundo dos meus olhos e sorriu, e eu derreti. O ônibus partiu e fiquei em choque, desci do ônibus e entrei na escola, feliz e ao mesmo tempo triste.

Triste, pois talvez nunca mais tornasse a vê-la, triste por que errei mais uma vez. Deveria ter dado a volta e entrado por outro portão do meu colégio, isso me faria voltar e consequentemente cruzaria com Lola novamente. Aliás, o nome Lola também é uma criação, pois costumava chama-la de loirinha, mas como esse não é nome de gente fiz uma adaptação. "Loirinha" lembra "Lolita", "Lolita" lembra "Lola", além de ser também praticamente impossível acertar o nome dela.

Ao chegar em casa depois desse primeiro acontecimento fiquei na minha cama, pensando como seria bom ter aquela loirinha de olhos azuis, que poderia finalmente ser a Karen que eu tanto procurava. Fiquei imaginando o toque suave ao beijar seus lábios, e todo aquele monte de coisas que um casal apaixonado faz.

O tempo passou e não a vi, até que fiquei um pouco mais de tempo no meu colégio. Nesse dia tinha aula a tarde, e depois da aula a tarde tinha meu inglês, mas entre essas duas atividades tinha um espaço de tempo, e nesse tempo costumava ficar no pátio do inglês lendo um livro. Mas nesse dia justamente meus colegas me chamaram para ficar um pouco no colégio e assistir a um jogo de vôlei que iria acontecer. O jogo estava ruim, e então saímos logo. Quando saímos do colégio eu a vi, ela estava bem perto, ela vinha logo atrás da gente.

Éramos quatro colegas, o que fazia com que ocupássemos toda a calçada. Ela ficou bem atrás de mim e percebi que ela queria passar, então me afastei para o lado, ela passou e me disse um brigado e deu um sorriso, nesse momento derreti feito picolé no verão. Meus amigos ficaram sem entender o porquê do brigado, e acharam que era para eles, mas eu sabia, e no fundo sabia mais. Ainda continuei seguindo, e ela parou no meio do caminho, parou para esperar outros amigos que vinham mais atrás, nós passamos, depois elas continuaram seguindo atrás da gente.

Num determinado momento me despedi dos meus amigos, pois o inglês ficava por outro caminho. Ela também se despediu dos amigos, exceto de uma, e continuou seu caminho, que era o mesmo que o meu, só que dessa vez ela estava a minha frente. Poderia ter tentado chegar nela nessa hora, afinal só tinha uma amiga do lado dela, mas não tentei.

Fiz a aula de inglês e depois fui para casa, e de lá desenvolvi um plano para tentar falar com ela, era tipo uma operação de espião, tinha até um codinome chamado MCEEG. Em que "M" significava menina, e "CEEG" era o antigo nome do colégio onde ela estudava. Nessa operação comecei a escrever tudo o que descobria sobre ela. Primeiramente sabia mais ou menos por onde ela morava, sabia onde estudava, e o horário que saia da aula, já que ela estudava em período integral (manhã e tarde).

Com essas informações bolei o primeiro plano. Eu sabia mais ou menos a hora que ela se dirigia para o colégio pela manhã, sendo assim comecei a ir basicamente ao mesmo horário. Nos primeiros dias foi sem sucesso, mas consegui, isso depois de um mês após nosso "primeiro encontro". Na primeira vez que acertei o horário e desci do ônibus ela vinha mais atrás, com um monte de amigas, então não fui falar. Na segunda desci atrás dela, que estava com dois amigos, uma menina, que não haveria problema, mas tinha um menino. Na terceira passei por ela muito lá atrás, e quando desci do ônibus teria que voltar muito e esperar por ela, então não fiz nada. Uma sequência de erros aconteceu, e em outra vez cheguei bem mais cedo ao meu colégio, e fiquei esperando para entrar, ela passou lá longe, dava para dar a volta e conseguir falar com ela, mas meu impulso não funcionou. Noutros dias fiz o mesmo esquema, mas sem sucesso, ou não a via, ou não tinha coragem de ir falar com ela.

Algum tempo depois acabei cruzando com ela no

supermercado. Primeiramente vi uma loirinha, depois vi que era muito bonita, fiquei olhando para ela e percebi que era Lola. Nisso descobri mais algumas coisas sobre ela, primeiro que ela vive com o pai e a mãe, ou talvez um padrasto ou uma madrasta, e que também tem um irmãozinho. Nesse dia olhei muito para ela, ela olhou para mim e demorou um tempo para conhecer, e até hoje não sei se ela reconheceu ou se apaixonou novamente.

No meio desse ano a vi pela última vez, foi durante o Festival de Inverno que acontece na minha cidade, ela passou por mim, estava com mais duas amigas, e estava linda como sempre. Olhei para ela, e ela não olhou para mim. Talvez não me tenha reconhecido, talvez não tenha percebido minha presença, ou talvez ela cansou de esperar que eu achasse ela mais que um sonho e nos tornasse realidade.

Sofia
A garota que mais gostei até agora

"As pessoas sempre arranjam uma desculpa para não fazer aquilo que seus corações mandam." (Luciano Junior)
Música: God Damn You're Beautiful/Chester See

Finalmente chegamos àquela que se tornou a garota que mais gostei, até agora. A garota que começou como uma menina linda que eu achava interessante, mas tornou-se a minha maior paixão, até agora.

E a minha maior paixão precisava ter uma história diferente de todas as outras, algo que nunca foi feito. Essa forma diferente começa pela forma que a descobri, que aconteceu quando um dia acordei tarde para ir ao colégio, me aprontei rápido e cheguei na hora que dava para pegar o último ônibus que chegava ao meu colégio na hora certa. Mas por desejo do destino o ônibus também atrasou, e consequentemente cheguei atrasado.

Só que esse foi o melhor atraso da minha vida, porque quando você chegava atrasado no meu colégio você tinha que ir para a porta de trás do colégio, que na verdade fica de lado. Lá as pessoas esperavam até tocar o sinal para a segunda aula. Nesse lugar tinha uma rampa, e enquanto subia essa rampa ficava olhando para o lado para reconhecer o ambiente. Nesse reconhecimento do local tinha um grupinho de amigos, uns sentados em um banco, outros em pé. No meio desses amigos estava ela, e quando olhei para ela a primeira coisa que pensei foi como ela era bonita, como era bonita aquela garota que estava de casaco rosa, calça da farda, e a parte mais importante, usando brincos de argola. Ah, como foi bom ter chegado atrasado e ela ter tido aula de educação física.

Depois de ter visto ela pensei comigo mesmo que ela era muita areia para o meu caminhãozinho. Então nunca olhava para ela diretamente, apenas ficava olhando de longe, admirando, até porque até o momento ela era apenas uma garota que eu fiquei interessado, e somente por sua beleza. Beleza que gostaria de ter para mim.

Em um dia fiquei pensando comigo mesmo, porque não posso ter ela, será que ela é tanta areia assim, e será mesmo que não posso dar duas viagens. Sendo assim mudei, disse pra mim mesmo que poderia ter ela, e que iria tê-la. Assim comecei a utilizar a técnica de olhar fixamente nos olhos dela, mas só quando passava por ela. Na primeira vez que fiz acho que ela nem percebeu, mas continuei fazendo. Depois de um tempo a coisa ficou interessante, funcionava assim, quando eu estava longe ela olhava para mim, quando eu chegava perto eu que olhava para ela. Foi ficando engraçado, mas aí chegou às férias do meio do ano.

Não sem antes acontecer algo, no último dia de aula do primeiro semestre eu estava indo para casa com uns amigos, e ela estava indo com as amigas dela pelo mesmo caminho. Como sempre, fiquei a admirando, e em um momento ela olhou para trás, e quando olhou percebeu que eu estava olhando também. Então ela olhou para mim, e a partir daí eu disse que quando voltássemos das férias iria fazer algo.

Antes das férias já tinha procurado saber o nome dela, mas não exatamente o dela, e sim o de uma amiga sua que ficava olhando para mim, que eu achei que estivesse gostando de mim, mas na verdade estava apenas vigiando pela amiga. Minha investigação partiu de outra amiga dela. Alguns meses atrás o *Facebook* sempre sugeria essa amiga, então acabei decorando seu nome. Busquei o nome dessa amiga, e achei o nome da amiga que ficava olhando para mim, rapidamente tentei procurar o nome da que eu admirava, mas sem sucesso.

Durante as férias ela pairava sobre os meus pensamentos, mas de forma branda, pois até esse momento ela era apenas uma garota que eu admirava. Porém precisava descobrir qual era seu nome, e durante as férias consegui. Tentei procurar o nome da amiga que o

Facebook me sugeria, mas não encontrei, descobri depois que foi porque ela alterou o nome. Tentei procurar o nome da garota que me olhava, mas não consegui, pois esqueci a grafia do seu nome. Mas ainda restava uma esperança, essa amiga tinha um namorado, então consultei os amigos do *Facebook* de uma amiga minha, que era amiga desse namorado. Dessa forma achei o *Facebook* da amiga que me olhava.

Foi difícil, mas somente até aí, quando cheguei no *Facebook* dessa amiga havia aqueles oito amigos que aparecem na página principal do antigo perfil do *Facebook*. Eram apenas oito amigos, e dentre esses oito estava uma menina muito parecida com aquela que eu admirava. Ao acessar o perfil descobri que era ela, e seu nome era Sofia. Dei uma olhada nas poucas fotos, e não a adicionei, apenas guardei o *link* do seu perfil para futuras conferências.

As férias estavam acabando, então comecei a pensar no plano para falar com ela. Depois de muitos cálculos formulei o plano perfeito. Normalmente quando eu chegava ao colégio sempre via ela na entrada esperando algo, acredito que as amigas dela chegar. Então o plano era o seguinte, eu chegaria, me dirigiria a ela e perguntaria seu nome, mesmo já sabendo, e diria que o nome dela é o mesmo daquela atriz que fazia Rebelde. Se ela dissesse que não sabia quem era diria que não importava, ela nem era tão famosa assim. Se ela dissesse que sabia quem era arrumaria um jeito de começarmos a falar sobre música.

Além disso, tinha um prazo, eu teria o mês de Agosto inteiro para fazer isso, caso não acontecesse, a adicionaria no *Facebook* e tentaria algo por lá.

Pois bem, nada aconteceu, não consegui colocar o plano em prática, o problema era que o aniversário dela era nesse mês e eu queria ser seu presente. Mas não fui, e não aguentei esperar o mês de Agosto inteiro. Dois dias após o seu aniversário acabei a adicionando no *Facebook*, mas vamos esquecer essa rede social por um tempo.

Enquanto tudo isso acontecia a estratégia tinha mudado completamente, eu não mais apenas olhava para ela quando ela estava perto, olhava sempre. Se ela passasse longe de mim ficava olhando para ela, se passasse perto também olhava, e não olhava apenas quando ela estava de frente para mim, olhava também quando estava de lado, e virava a cabeça, e tudo mais. Dessa maneira ficou automático, sempre que ela estava no meu campo de visão, eu olhava para ela.

Sendo assim comecei a deixar ela desconfortável, mas não foi sem querer, era proposital, essa sempre foi minha intenção. Ela lutava para não olhar, mas gostava de saber que eu estava olhando, então aquela amiga que olhava para mim passou a olhar mais, mas agora eu já sabia que ela "servia de olhos" para Sofia. Foi uma experiência legal, pois Sofia não olhava para mim, mas as amigas dela sempre olhavam, vale destacar que ela andava sempre com três amigas, e as três me olhavam e ficavam rindo quando percebiam que eu não tirava os olhos dela.

Assim foram por longos dias, e voltando a rede social ela demorou um mês, isso mesmo, um mês para me adicionar. Nunca falei com ela pelo *Facebook*, tudo porque ela não entrava. Se ela entrasse talvez eu enviasse uma declaração para ela, o que não ocorreu. Nesses dias que passaram minha paixão, ou sei lá o que era aquilo, por Wanessa voltou, mas durou uma semana, e nessa semana comecei a pensar que se tivesse Wanessa iria perder Sofia, o que soava estranho, já que eu não era apaixonado por Sofia, e a partir daí foi que comecei a me alertar sobre ela.

Chegou Novembro, feriadão da Proclamação da República, depois desse feriado seria minha última semana de aula. Resolvi fazer algo, e minha ideia foi enviar pelo *Facebook* uma declaração para ela, mas ela não iria responder a tempo, sendo assim resolvi enviar para uma das amigas dela, e dizer o quanto gostava de Sofia. A amiga escolhida deveria ser a que olhava para mim, só que ela não me aceitou no *Facebook*. Da outra amiga me sentia distante, então escolhi a amiga que o *Facebook* me sugeria. Disse a ela o quanto gostava de Sofia, tudo em uma mensagem enviada no feriadão.

É tempo da última semana de aula. Passou segunda e nada, olhei para essa amiga e parecia que ela ou não tinha lido minha mensagem, ou resolveu não fazer nada. Chegou terça, e nada também, então pensei em falar diretamente com a amiga, mas só pensei. Até que chegou quarta, eu estava sentado juntamente com os meus colegas, que estavam jogando dominó. As quatro amigas passaram, dessa vez elas pareciam diferente, a amiga que mandei mensagem no *Facebook* falava algo para Sofia, e Sofia parecia um pouco nervosa, foi então que a amiga veio em direção a mim, e falou:

— Você que é Gabriel? – ela perguntou.

— Sou sim – respondi.

— Vem cá então para você falar com ela – ao ouvir isso fiquei muito nervoso, mas fui lá.

Eu já me havia preparado para esse momento, preparado o que iria dizer, como iria me comportar e tudo mais, mas quando chegou a hora nada daquilo funcionou, tudo o que eu sabia sobre conversar com uma mulher até agora tinha ido "por água abaixo".

Cheguei nela, a amiga chamou e a gente se cumprimentou com um abraço, rapidamente as outras amigas dela saíram, e deixaram-nos a sós. Não me pergunte o que falei pra ela, não lembro, estava tão nervoso que minha mente não processou tudo. Lembro apenas de alguns detalhes, como quando confundi o nome dela com o da amiga, quando perguntei sua idade, e quando disse que ela era muito linda e que estava sentindo algo especial por ela. Ficamos um pouco em silêncio até que ela disse que depois a gente conversava, demos outro abraço e eu pedi seu número de telefone, ela disse que estava sem o celular, eu disse que apenas queria o número, e ele falou alguma desculpa que não me recordo agora por estar tão nervoso.

Voltei para onde meus colegas estavam, e todos começaram a me dar parabéns e fazer algumas perguntas. Ela e as amigas continuaram olhando para mim, permaneci sentado de costas para onde elas estavam, e não tive coragem de olhar, mas um amigo olhou e me informou sobre isso. Nesse dia não nos vimos mais.

Apesar de não ter nos visto mais, esse foi o dia mais importante para mim, foi finalmente nesse que eu me apaixonei por ela, apenas depois de falar com ela. Percebi isso quando cheguei em casa e fiquei só pensando nela, pensando no que iria fazer amanhã.

O amanhã chegou, e coincidentemente nesse dia havia um jogo, que seria entre os dois terceiros anos da manhã, sala que eu estudava. O jogo seria na hora do recreio, única hora que poderia falar com Sofia, então já deu para entender que algo deu errado. Escolhi o jogo, afinal ainda teria sexta para falar com ela. O jogo não aconteceu, já que as duas quadras estavam sem poder ser usadas. Não falei com Sofia, a vi de longe, mas preferi não olhar, era melhor fingir que não vi, do que ver e não ir falar com ela. Fui para casa muito triste, e disse que amanhã precisava falar com ela sem falta, já que era o meu último dia de aula. Decidi que amanhã iria acordar mais cedo, e iria falar com ela na hora da chegada.

Antes de chegarmos na sexta há um acontecimento durante a madrugada. Eu sonhei com ela, pode parecer algo normal, mas não é, pois foi um sonho mesmo, daqueles que a gente não controla, daqueles sonhos que temos dormindo. Isso foi importante porque até então só havia sonhado com uma das garotas que era apaixonado, uma vez na vida. Tinha sido anos atrás, com Gisele, no sonho nós estávamos andando de mãos dadas, só que acordei no meio do sono porque estava frio, e eu estava dormindo sem lençol. Agora sonhei novamente, nesse estávamos numa festa, e Sofia estava sentada no meu colo, lembrando que ambos estavam vestidos. Ela me deu uma mordidinha na orelha esquerda, e eu me acordei, meia hora antes da hora de me acordar para ir ao colégio mais cedo, e nas meias horas restante não consegui dormir.

Fui para o colégio mais cedo e fiquei na escada esperando ela chegar. Ela chegou alguns minutos depois de mim, e eu comecei a andar rápido para conseguir ficar na frente dela, quando cheguei acabei falando com ela rapidamente.

– Oi – eu disse.

– Oi – ela disse surpresa.

– Vamos conversar hoje? – perguntei.

– Tá bom – ela respondeu.

– Ok, então – e deixei-a ir, para que ela colocasse a bolsa na sala e voltasse.

Sentei e esperei ela voltar, só que ela não voltou. Depois de um tempo fui para a sala, achando que ela tinha-me "dado um bolo". Nesse dia, como em todos os outros dessa semana havia uma prova, e durante a prova percebi como tinha sido burro. A culpa dela não ter voltado foi minha, e não dela. Perceba que disse para conversarmos hoje, quando na verdade queria dizer para conversarmos agora.

Na hora do receio novamente teve o jogo, e dessa vez o jogo aconteceu, mas felizmente não a vi nesse horário. O jogo aconteceu e voltei, prometi para mim que iria esperar a hora da saída para falar com ela. Como era último dia de aula fizemos muita comemoração, mas fugi de algumas para não ficar sujo.

Nessa mesma sexta-feira tinha uma festa à noite, chamada Festa das Oitavas, que era a festa de comemoração dos que fazem o 9º ano do fundamental. Essa festa foi criada pela minha sala anos atrás, mas se tornou tradição, e agora todo mundo faz. O que importa é que Sofia fazia 9º ano, e seria normal que ela fosse nessa festa, foi o que pensei. Então estava tentando convencer meus colegas a ir, mas somente convenci um, e nesse último dia de aula compramos o ingresso.

Voltando a sexta pela manhã fiquei a esperando sair.

Ela sempre saia mais cedo, mas não nesse dia. Fiquei esperando no sol, e enfim ela saiu, com uma amiga e carregando uma mala. Foram em direção ao carro e entraram, passando longe de mim. Fui embora olhando para o vidro do carro, que era fumê, mas deu para perceber que ela estava olhando para mim, e ficamos nos olhando. Talvez tudo tivesse acabado ali, talvez, só que a amiga com quem ela entrou no carro iria para a festa, a amiga era de fora da cidade, então consequentemente achei que uma estava indo para a casa da outra, sendo assim minha paixão iria para a festa.

Chegou a hora da festa, eu e meu colega fomos, e ficamos esperando um pouco do lado de fora. Chegou uma das amigas dela, a que me apresentou a ela. Eu e meu amigo decidimos entrar, entramos e ficamos na festa, ele estava de olho na festa, mas eu estava mais de olho do lado de fora. A outra amiga chegou, a que morava fora, mas ela estava sozinha, aguardei um pouco, sem esperança, a partir de agora já sabia que ela não viria mais.

Na semana seguinte não tinha mais aula, era apenas a semana das festividades, que tinha a Aula da Saudade, o Culto, e um Almoço. Nesse almoço voltei a ver Sofia, depois de uma semana só pensando nela. Era hora da saída, e estávamos esperando nos chamar para o almoço, nesse tempo eu e meus colegas ficamos sentados na cantina. Então ela passou por mim, e um amigo disse "olha tua boyzinha", eu olhei, e ela estava linda como sempre. Linda como sempre foi aquela morena magrinha.

Na outra semana eram as aulas de recuperação. Nunca havia ido para a recuperação, nem mesmo nesse ano, mas decidi ir para a aula, não exatamente para a aula, mas sim para tentar falar mais uma vez com ela. Decidi chegar mais cedo e falar com ela antes das aulas começarem. Mas antes dessa semana chegar sonhei com ela mais uma vez, na verdade ela não estava presente, foi sobre as amigas falando de mim. Uma dizia que eu era tímido, mas quando chegava... Não consigo me lembrar o que ela disse depois, mas acho que foi algo bom.

Começou a semana de recuperação, e essa sim foi a última semana. Nessa semana aconteceu uma série de erros, que me impossibilitou ficar com ela.

Segunda. Cheguei cedo e esperei por ela, mas ela chegou tarde e estava de mãos dadas com uma amiga, foi diretamente para o banheiro, e eu não fiz nada.

Terça. Cheguei cedo e esperei por ela, mas ela chegou tarde e estava de mãos dadas com uma amiga, foi diretamente para o banheiro, e ao sair se dirigiu para um banquinho que tinha. Lá estava um garoto, ela falou com o garoto e ficou abraçada a ele, a amiga ficou esperando como se estivesse segurando vela. Antes de sair ela cumprimentou o garoto mais uma vez, acredito que com um beijo na boca, mas não deu para ver com clareza, porque havia uma coluna exatamente na angulação de onde ela estava. Na hora do recreio ela passou por perto, mas estava de mãos dadas com aquele mesmo garoto. Achei que estivessem ficando.

Quarta. Por achar que ela queria outro não cheguei cedo. Na hora do recreio fui para a quadra, ela estava com as amigas, e o tal garoto estava longe. Comentei com um amigo que eles estavam namorando, mas ele não ficava perto dela. Nesse momento achamos que eles tinham acabado rapidamente, então meu amigo foi falar com esse garoto, já que ele o conhecia, e confirmou que eles não tinham nada, fiquei feliz. Durante a hora do recreio fiquei observando ela, e também as amigas, que pareciam estar aconselhando ela, num momento uma amiga disse "mas você não gosta dele?", e ela ficou com uma cara emburrada. Depois disso fui jogar bola com meus colegas, e ela estava tendo aula de educação física, só que ela não estava participando, então de vez em quando a bola saia da quadra, e eu ia pegar só para poder vê-la.

Quinta. Cheguei cedo, e vi uma das amigas dela, a mesma amiga que foi amiga de outras duas garotas dessa história. Entrei e fiquei na escada esperando ela chegar. Ela não chegou. Descobri depois que ela ficou com as amigas para entrar na segunda aula. Na hora do recreio mais uma vez estava jogando dominó, e ela passou para comprar o lanche. Elas e as amigas ficaram sentadas em um banco que ficava perto de onde eu estava, elas queriam que eu fosse lá, mas não fui, sei disso porque consegui fazer leitura labial, onde ela dizia que se eu quisesse eu ia lá. Na volta do recreio ela passou novamente por mim, ficou olhando para mim e deu um abraço forte na amiga, foi aí que aprendi que quando uma menina olhar para você e de repente abraçar a amiga, saiba, ela queria estar abraçando você. Perdi minha chance, então agora seria de forma diferente. Decidi ir à sala dela, chamar por ela, e conversar rapidamente. Ela estava tendo aula de inglês, e fiquei mais de meia hora tomando coragem para entrar na sala, mas enchi o peito e fui, entrei na sala, me dirigi ao professor, e assim aconteceu:

— Professor, posso falar com Sofia? — perguntei e ele fez que sim com a cabeça. Então me dirigi a Sofia.

— Sofia, posso falar com você? — perguntei.

— Agora? — ela retrucou.

— Sim.

— Agora eu estou em aula.

— É rapidinho.

— Agora não, depois a gente conversa — triste, mas aceitei e sai da sala.

Fiquei na escada, escutando música, e esperando ela sair. Lembrando que ela estava em outra sala, que ficava no corredor onde eu estudava. Os colegas de sala dela saíram, as amigas dela saíram, e só então entendi porque ela não podia sair, ela estava mal na matéria. Tudo bem, aceitei e continuei esperando, até que ela passou por mim, bem rápido, como um furação, falou com os colegas que estavam próximos a mim, e fiquei olhando para ela, esperando ela dizer algo, já que ela falou que ia conversar comigo depois. Os colegas dela olharam para mim e estranharam não nos ter nos falado, mas eu também estranhei. Ela voltou para o corredor da sala dela, e eu fiquei sentado em outro local, esperando ela falar comigo. Novamente ela saiu da sala e foi embora, sem ao menos me dizer nada. Acompanhei-a, ela olhou para trás, viu que eu estava vindo e continuou andando, alguns metros depois abraçou a amiga, e eu comecei a balançar a cabeça num sinal de negação. Fui embora para casa, e passei por onde ela estava, a amiga olhou para mim, e comecei novamente a fazer sinal de negação. Fiquei triste, mas amanhã seria minha última chance.

Sexta. Acordei cedo mais uma vez, e no caminho ao colégio coloquei a música que lembrava ela para tocar em *loop* infinito. Cheguei ao colégio cedo e fiquei esperando por ela. Ela chegou, mas o auxiliar de disciplina a levou para a coordenação, tudo porque ela estava usando calça jeans, mas não havia ninguém na coordenação, então ele a deixou ir. Contudo isso me atrapalhou, não consegui falar com ela na hora da chegada, mas ainda tinha a hora do recreio. Na hora do recreio ela passou e fiquei tentado a ir, demorei um pouco, mas fui. Cheguei perto dela e disse pra gente conversar agora, ela falou que não podia, pois tinha que fazer algo. Voltei para a mesa do dominó e então achei que ela não me queria mais. Por mais que ela tivesse algo para fazer, um amor sempre deveria valer mais que tudo, tudo que me arrisquei foi em vão, perdi de estar em casa dormindo, ou mesmo ter ido para o colégio e ter me divertido mais, já que não iria ter a pressão de falar com ela, abdiquei de tudo isso, mas ela não fez nada por esse amor.

Pra piorar a situação ela estava voltando do recreio, e fiquei reparando nela. Acontece que ela foi falar com um menino, e depois subiu agarrada a esse menino. Esse menino é o que no primeiro semestre ficou com ela, e por isso eu não gostava dele, e não era aquele outro garoto do beijo, esse era um menino. Ela sentou com o menino no banco, e depois chegaram seus colegas de classe, e formaram um grupinho. Depois esses colegas foram entrando e restou apenas ela, e a amiga, aquela que me olhava. As duas ficaram me olhando como se esse fosse o momento para eu ir lá, mas novamente não fui, e elas saíram. Se você olhar de fora esse momento eu pareço um bobão, só que veja minha situação, primeiro ela diz que não pode falar comigo agora, depois sobe agarrada com aquele menino. Sem contar que eu já estava cansado, cansado de dar errado, cansado de chamá-la para conversar e nem ao menos ver um sorriso naquele lindo rosto. Faltou aquele sorriso para acreditar que era ela, o problema é que meu coração sempre acreditou, mesmo sem o riso.

Mas calma, ainda não acabou. Fiquei no pátio do meu colégio, escutando música e sem saber o que pensar. Meus colegas perceberam e vieram falar comigo, expliquei o que aconteceu, e um deles me disse para colocar as cartas na mesa e dizer: é agora ou nunca. Ainda durante isso ela passou com a amiga para ir ao banheiro, na volta ficaram de frente para mim. Fiquei olhando para ela com uma cara triste, e a amiga percebeu, mas não fez nada. Sofia passou e nem olhou para mim, continuei olhando e metros depois ela olhou para trás, viu que eu estava olhando para ela e virou o rosto. Era difícil entender, afinal ela queria ou não, ela algum momento pensou em mim ou não, ela realmente queria viver isso. Por que ela olhou de longe nesse último dia, quando tudo que eu queria era que ela olhasse de perto. Nessa volta do banheiro poderia ter a chamado para conversar, mas eu não queria mais ouvir um "eu estou em aula".

Ufa! Chegou finalmente o último momento, com aquilo que meu amigo disse, decidi fazer a última coisa, o "suicídio". Quando ela passou de novo, agora para ir embora, me levantei, fui em direção a ela, e disse tudo, dessa vez não a deixei dizer nem ao menos um "depois a gente conversa", falei tudo de uma vez.

– Sofia, quero falar com você. Eu sei que fui um idiota, e não falei com você em outras oportunidades. O problema é que eu gostei muito de você, e isso me atrapalhou. Só estou dizendo isso porque é meu último dia de aula, e não virei semana que vem, a menos que tenha certeza que poderei falar com você – disse tudo.

– Tá – foi o que ela respondeu e foi embora.

Algumas coisas são passíveis de serem analisadas. Primeiramente ao aborda-la, ela estava com o celular e escutando música, então demorou para ter a atenção dela. Segundo, enquanto eu falava ela parecia nervosa e inquieta, inclusive sua mão estava tremendo. Ela foi embora, e a partir dali nunca mais nos cruzamos até então, no outro ano não mais estudaríamos próximos, pois eu iria para a faculdade.

Por tudo isso ela se tornou a minha maior paixão, até agora. Até agora porque não sei o que me reserva o futuro, talvez nos encontremos no futuro, talvez não. Talvez no caminho eu encontre alguém que faça alguma coisa por esse amor, e não diga só um "tá". Ela também é minha maior paixão porque além dos outros dois sonhos, sonhei com ela mais duas vezes. Em um estavam presentes as amigas, no outro ela enviava uma carta de declaração para mim, através de um colega. Nesse dia acordei feliz, até perceber que era só um sonho.

Nunca entendi os sentimentos de Sofia, não sei o que se passou em sua cabeça, e nem se realmente ela se interessou por mim. Às vezes tinha a impressão de que ela nem sabia que eu existia. Só me arrependo de nunca ter dado um abraço nela depois daquela quarta-feira. Mas talvez seja melhor não saber o que realmente aconteceu, mas saber faria meu coração se curar dela. Porém quem é que sabe o que ela sentiu, nunca irei saber, a menos que ela queira-me contar.

Para Todas

Minha vida foi ao mesmo tempo ruim, e ao mesmo tempo intensa. O triste é que basicamente o sentido da minha vida foi ter uma namorada, tudo se resume a isso, tudo que fiz no final tinha o objetivo de conseguir uma namorada, coisa que nunca aconteceu. Sempre procurei uma garota linda que me pudesse amar, depois mudei e comecei a procurar uma garota linda e que gostasse de mim, mas hoje procuro apenas uma garota linda que aceite ficar comigo.

Nessa minha procura comecei a entender as mulheres, entendi tanto que não consigo desenvolver algo com uma. Se alguém me vier pedir um conselho sobre mulheres, tenha certeza que poderei ajudar, mas infelizmente esse conhecimento nunca me ajudou. Por isso sofro, mesmo depois de ter controlado praticamente toda a minha timidez, sofro por não ter uma garota para segurar em meus braços e beijar em seus lábios.

O pior de tudo isso é que não consigo ver uma garota algumas vezes e simplesmente achar ela bonita e só, sempre que vejo uma garota bonita mais de uma vez, e me interesso por ela, sempre acabo imaginando como seria se eu fosse seu namorado, as coisas que diria para ela, os lugares que iríamos, e o que as pessoas iriam contar sobre nós.

E você deve ter percebido minha incrível preferência por loiras, e a essa altura já deve saber o motivo, foi tudo por Karen, alguém que veio em meus sonhos e modificou minha vida. Mas melhor seria se não tivessem existido garotas reais a quem eu pudesse relembrar, e saber o quão babaca fui.

Por isso quero pedir desculpa, desculpa a todas que parti o coração, e a todas as outras que deixei que partissem o meu. Quero pedir desculpa também à asiática que fiz muitas perguntas; a garota do inglês que foi embora antes que dissesse algo; a amiga do inglês; a amiga de um colega; a menina que conversei por mensagem, mas não tive coragem de falar cara a cara; a menina que vi na rua com a amiga e sorriu para mim; a outra garota que olhei na rua; a garota loira do shopping; a irmã de uma colega; a garota do ponto de ônibus que fiquei anos sem ver; as irmãs com quem estudei anos atrás, mas não tive coragem de falar quando as reencontrei; a garota do colégio público;

a garota com quem conversei mais de vinte minutos; a menina que recusei por ela ser nova e um ano depois fiquei louco por ela, mas ela já havia ido embora; a menina do terceiro ano que via no ponto de ônibus, a loirinha que mora perto de mim; a amiga da minha ex-colega; a morena do colégio que olhava para mim; e a menina que não sei o nome que paquerei na lanchonete;

Desculpa a todas elas, e a todas as outras paqueras que não tem uma definição, as garotas das lanchonetes, das lojas de departamento, dos shoppings, dos eventos, dos cinemas. A todas elas minhas desculpas, desculpa por ter errado.

Mesmo assim, após falar de todas, pode parecer que não consigo viver sem elas, mas consigo sim. Não importa se a história de cada uma tem milhares de palavras, ou apenas uma frase. Agora, elas são apenas lembranças, lembranças que gostaria de reencontrar, e talvez tentasse consertar, mas são apenas lembranças, lembranças do que fiz, e também do que não, lembranças que nunca se apagarão.

Mas são lembranças, e o homem não vive apenas de lembranças, ele precisa de novos acontecimentos. Acontecimentos esses que podem trazer algumas dessas histórias de volta, ou que podem criar novas histórias. Se me perguntarem não preciso de nenhuma dessas para viver, preciso apenas de mim, meu desejo e meu amor.

E pensar que tudo isso foi só pra ter uma namorada!

Esta obra foi composta em Garamond e Corbel e impressa em
papel Pólen 80g.